趋光岁月

光明与黑暗的角力

田定丰
保温冰
著

人民东方出版传媒
东方出版社

目录 Contents

推荐序
在夹缝中更能体会美好的存在

吴青峰

有多少回忆编织成裳，不是忘记，而是被细细收起；无法丢掉，于是藏进房间最深沉的角落，甚至上锁，不愿与人分享，更别说放进橱窗展示。

那或许是一件疲惫的战袍，弥漫着血腥的气味，用挣扎过的足迹，推着你铁了心往更好的人生前进；那或许是一件不忍卒睹的伤衣，在夜深人静时，飘进你的床席间，幽幽地陪你翻身，在梦里隐隐皱一下眉。

我们都有不堪面对的回忆，但是也会有当你面对了，才发现自己原来已经跨越的释然。书里关于父亲的这些经历，跟我自己的有些相似，但应该是地狱加强版了。有些章节甚至让我像看恐怖电影般，先闭紧了双眼深呼吸，才能继续看下去。

阅读的过程中，我是多么惊讶：书里的瘠弱少年，长成了今日这个有泱泱之气的人；他总是充满正能量，从来只字不提，也不让人察觉到这些情绪。现在，他愿意分享出来，想必经过一番挣扎，然而，想必也已让挣扎开出了花，结出了果。

我想起了他的摄影，想起了他拍摄的那些目光。一个人之所以可以记录下这个世界上很多人无法察觉的美好，可能是因为他的心很美好，更可能是，他经历过不美好，于是在夹缝中，更能体会美好的存在。当美好出现，他不会挥霍，不会视为理所当然。因为曾经的不幸福，所以深知幸福的重量，让自己的幸福值得。这是幸福的，虽然这种幸福有点残忍，但，也最真，最实。

如今，他已经让他的幸福发光，要带给更多人幸福。别害怕，发光吧，我的朋友。

自序
我总是有能力自己找到光的方向

十多年前，有一位教授心灵成长课程的朋友，引导我做了一个关于"家庭图"的心理分析。我在他提出的问题中，开始思考自己的家庭关系，当图画到一半时，我发现自己心里竟有一股非常强烈的情绪波动，带着我抵达心里尘封很久的某个角落。我知道，那是一段被刻意"封印"的痛苦回忆。

我在它的前面停下了脚步，然后告诉我的朋友，我没有办法完成这幅家庭图。他看着我说，如果我不能面对自己的过去，这个阴影将会继续伴随我的人生。

我记得当时自己是这样告诉他的：我的人生再怎么黑暗，我总是有能力让自己找到光的方向。

尽管在父亲近乎疯狂的虐待下，我总在黑夜的恐惧当中，数着自己身上的伤痕；尽管我几度差点在他的恫吓下失去受教育的机会；尽管我逃学逃家，却总逃不开这残忍的命运，但我始终没有放弃过。

我在父亲的眼睛中看见了"恨"，在母亲的眼泪中体会了"爱"。我的前二十年人生，就是在这样的爱恨交织中度过，也在这些很多人难以理解的痛苦中，培养着自己在黑暗中找到光的方向的能力。

在我出生时就到海军陆战队当兵的父亲，经过三年军中不人道的训练，形成了残暴扭曲的性格。在这三年间，我们父子也因为没有接触，在情感上形同陌路。退伍回来后，他把人生中这最受苦的三年的痛苦，都发泄在我的身上，来求取他自己人生的平衡。

在我小小的眼睛里，他是那个随时可以踩死我的巨人，而我是他随时可以捏碎的玩具。于是，"爸爸"这个称呼，成了我叫不出口的恐惧。而我越叫不出口，他对我的痛恨就越深！

我们如此循环着这样的恶性关系。

后来，他用"赚大钱"这件事证明了自己的价值后，就常对我说："你不要念书了！跟我学做生意才会有出息！你看那些大学毕业生，不都是在公司里帮我提公文包？"

当时的我就想，是不是听了他的话，他就不会再打我了呢？听了他的话，就真的会"有出息"吗？后来，我拿了一堆他的工厂生产的水烟斗，跑到台北市的西门町摆摊，赚回了一些百元钞票给他，我才在他眼里看到被认为是"有出息"的眼神。

那一年，我才九岁。

但是，我的母亲经常用眼泪告诫我："如果你不想变成你爸爸那样，你就要好好念书。"

我在这样两种不同的观念中慢慢长大。幸好，我选择去相信妈妈的话。

而父亲这个角色，让我从小在写作文写到"我的家庭"这个主题时，都必须借助对电影和电视连续剧中有关父亲角色的想象，来书写自己的家庭有多么美满。同时，还必须对老师和同学们说谎："我拥有一个幸福的家庭，还有一个疼爱我的爸爸。"

直到夏天，学校的制服换季时，蓝色的短裤再也遮掩不了双腿的伤痕，白色的短袖衬衫也从里往外渗透出斑斑血迹。关于父亲和家庭的幸福谎言，终于被吕时珠老师戳穿，而我也因此得到她特别的关爱，每天放学后被留在学校里接受课后辅导。

我至今仍记得吕老师当时告诉我的话："你是一个聪明的孩子，不要因为父亲而放弃自己。"当时，老师无法介入学生的家庭问题，但她愿意每天多花时间陪我念书，让我知道，我可以因为受教育而和自己的父亲不一样。而且，吕老师是除了我妈妈之外，又一个我意识到的，存在于这世界上的爱我的人。

也是因为吕老师的提醒，我的妈妈才鼓起勇气和这个伤害她也伤害我的男人离婚，独自抚养我和弟弟长大。虽然当时逃离了巨大的阴影，但是一个女人要忍受贫穷，还要养育两个孩子，又是另一个极为艰难的挑战。

妈妈当时已经病痛累累，每天还要做两份工作养家。加上我和弟弟，一家三口常常省吃俭用却仍然入不敷出。被妈妈照顾长大的舅舅，会经常偷偷塞钱给我，让我拿给妈妈以便解决我们的困境。每一次，舅舅把钱塞进我手里时，我都充满了羞愧感。什么时候我们才可以不用别人帮助？我常常在心底问着自己，一次又一次。

这样的自问，成为我日后想要改善自己家里经济条件的动力，也促使我学习妈妈身上那种"打不死"的韧性。

接下来的几十年，这动力与韧性驱使我不断努力，让我不仅能攀上人生的巅峰，也让我在跌落谷底的挫败中找到重新崛起的力量，这是众人熟悉的我。

然而，很多人不熟悉的，却是一个爱恨依然在心底深处搏斗，不敢面对过去的那个怯懦的我。

当年，连一幅家庭图都没有办法画完的人，如今又为什么要自揭伤疤？我反复追问自己。

我放下了自己创造出辉煌成就的音乐王国，为的是什么？难道不是为了去筑梦？而这个梦，不正是希望能给那些放弃梦想的人，带去一点点前进的勇气吗？

而筑梦的背后，如果不能诚实面对自己的人生过往，这梦想会不会只是虚幻的景象？

很多人以为，我是因为家人的支持，加上自己的努力和运气，才成就了一个看似"成功"的鲜明形象。我是要迎合这成功的"面具"，就像童年时想让老师和同学们以为我的家庭很温暖一样，继续遮掩下去，还是诚实地和从未离开过自己的阴影对话？

我没有因为父亲的影响而沦为社会边缘人。那是因为，我有一个对我充满期待的爱我的母亲，和一路上给我温暖的舅舅和吕老师，他们让我体会到了什么是"爱"。

而这份爱曾经改变我，那么我应该让更多的朋友知道这个真相，也让更多有相似经历以及正身处于这种黑暗之中的孩子们，不要放弃自己，活出独一无二的更精彩的人生！

我被"恨"遗弃，但也被"爱"拾回。如今我应该通过爱的能力，也让我的爱能拾回更多的"爱"。

但我也必须承认，在这过程中，当我和另一位作者保温冰一起回溯这些痛苦的记忆时，经常不能竟书而多欲搁笔。我原以为，岁月可以让伤痛结痂，让阴影遁形。谁知，这一幕幕仿佛人生倒带的情景，竟还是如此清晰，仿佛刚刚发生！

记忆回到我心底之后，固然让我很痛，而我不愿记忆的，却也从来没有放过我。它像一把刀，重新撕裂这看似已然平复、底下却千疮百孔的伤口，让我在每一次故作镇定的深呼吸里，都伴随着自己听得见的痛苦颤抖。

这一次，我选择勇敢地打开这尘封许久的封印。

如今，已十多年音讯全无的他，满身病痛，被人从大陆辗转送回台湾。如果你问我有没有挣扎，我必须诚实地说：有！

我挣扎在：我恨了他几十年，为什么还要在他老来无依时去照顾他？现在的我和他，是否还依然像形同陌路的并行线？我也挣扎在：我曾写出过那么多关于爱的语句，为什么此刻"拥抱"却变得如此艰难？我究竟能不能喊出那声从来没有叫过的"爸爸"？！

时间可以冲淡很多记忆，让人忘记很多事情。但那一次，他脱光我所有衣服，用铁丝缠住我的手脚，把我狠狠扔在马路上时，行驶而来车辆的紧急刹车声，至今仍隐隐在我耳边响起。

而妈妈被他催促着外出办事，却被大卡车迎面撞上，在医院生死攸关时，他只带着毫不在意的眼神冲我丢下一句："你去医院看她。"

那绝情的眼神，也被我一直牢记在心底最黑暗的角落。

我选择用书写重新记忆，去疗愈自己的过往，放下伤痛去学习原谅。但是，我要怎么才能从心底完全清除那个已如附骨之疽的黑色记忆？如果拥抱可以像橡皮一样，从此擦去那团黑色的人生污渍，那么，我愿意一次又一次地拥抱他。

每一道刻骨铭心的伤痕
都来自上天成就的祝福
每一段黑暗深处的回忆
愿都是趋向光明的和解

序幕　养女阿莲，二十世纪五十年代

后来扁担、竹篙、皮带也找上了她，在她身上留下深浅不一的痕迹。但她总想着，以后她一定要告诉自己的儿女："生我的不要我，那就不必感念；养我的愿意将我拉扯长大，再苦都要感激。"

"姐，阿母为什么一直打你？"

阿莲虽然没办法回答，但弟弟这么问，她身上的伤疤，仿佛就被一对对的萤火虫衔走，不痛了。

* * *

弟弟还只是个婴儿时，悬在她背上，牙牙学语，身上窜动的体温，让她说什么都要站稳脚跟。

竹帚细枝轮流飞来的鞭痕，一道一道累积出她的童年。特别是那个早晨，阿莲忘了倒掉阿母的尿壶，匆匆抓起书包就往学校跑。回家，阿母一巴掌让阿莲倒退三步，接着抓起尿壶往她嘴里灌——从此，阿莲惧怕那只尿壶，一如惧怕阿母。

后来扁担、竹篙、皮带也找上了她，在她身上留下深浅不一的痕迹。但她总想着，以后她一定要告诉自己的儿女："生我的不要我，那就不必感念；养我的愿意将我拉扯长大，再苦都要感激。"

阿莲认定，她空白的童年留给了弟弟。当襁褓中的弟弟咬着她颈项，彼此都有了安全感。阿莲知道，弟弟将来会代替她，好好用快乐将她空白的孩提岁月填满。

*　*　*

后来，弟弟又问："姐，你什么时候出嫁？"

阿莲摇头："你还没长大，姐哪舍得嫁？"

谁知，弟弟微笑起身，竟也高过了她。他走离，身影邈远。阿莲低头看着自己的手指，指甲缝里的黑垢，怎么抠，也弄不干净。

阿莲走进浴厕，对着镜子抓起香皂，往头发上用力抹。

*　*　*

隔天，在阿母经营的货运行柜台前，阿母告诉阿莲："以后这位子，你可以坐。"当然，阿母说的时候很小心，她不能让阿莲将这句话误解为：以后这位子，就给你坐了。

阿莲闻着自己身上残存的皂香，战战兢兢地接过算盘。她的眼角余光看到阿母松开紧蹙的眉。

食指朝算盘的上排使劲一划，日子随时重新计时。阿莲开始学习与人对谈，慢慢褪去过往的胆怯。最后，她握着阿母给的零钱，在小百货店里考虑了半天，才带回一支口红。

那天晚上，她专注镜内未曾被吻过的唇。

一定有某个人，将进入她心头空着的地方。

*　*　*

这天，来了一位说话带酒气的老人。

"我来跟你们提亲。"

阿莲眯起眼，倾身向前："啊？"突如其来的这句话，她不是没听懂，可是表现得却像想趋近细看些什么。

阿母在不远处，很快就咔咔咔快步走来，她脚下那双木屐，总能快速掌握一切。阿母将老人请入屋内，关上门。

阿莲忐忑不安，也不知道自己到底在紧张些什么，只好不断制造出啪啪的算盘声，仿佛自己正忙碌着。

不久，老人脸上带着笑意，被阿母领到阿莲面前。"以后这就是你公公，"阿母说，"他答应让儿子入赘进来，我才同意的。"阿母啜了一口茶，茶泡在唇间嗞嗞作响。

阿莲的心情，就像柜台上那个珠粒凌乱的算盘。

* * *

桌上的那盒礼饼，比起眼前这个即将和她共度一生的男人，要来得鲜明多了。

夫妻拜完堂，这个名叫阿源的入赘女婿仗着酒意，大手掀开蚊帐，强行进入她体内，和着汗水粗蛮地抽动下体。阿莲才想起，自己是见过他的。

隔日，阿莲蹲到屋后的水龙头下，用力搓洗床单，双眼无神。她只知道，昨晚发生的事，已凝缩为月历上一小块发亮的微光。

结完婚，阿莲不再被阿母痛骂，肩膀上的负担却添加了，她硬是把货运行的一切打理得无可挑剔。至于阿源，闲在家里不做事，一双细眼会跳舞，偶有婆婆妈妈辈的女人来货运行，阿源就和她们抬杠得特别起劲。阿莲知道，这位夫婿很难一眼看透，这个特质为他带来女人缘。

又过了不久，阿莲时常一阵作呕，她捂住嘴，肚皮日益隆起。

阿源马上要去当兵了，她焦虑地数着日子，竟打坏了那个旧算盘！孩子还没出生，新开的远东百货就剪彩，隔壁月霞阿姨兴高采烈地奔到了她耳边说，在开幕典礼上看到影星唐宝云和谢玲玲呢。

阿莲想，若远东百货早一年开张，那么生命中第一支口红，该会出自那儿……假如换了支口红，那么阿源会不会出现在她生命里呢？

那天晚上，有股香味敲了门。原来是阿爸端进来一碗鸡汤，要她趁热喝。

第一次，阿莲流下感动的泪。

1 爸爸

面对这些夜以继日的轰炸，妈妈虽疲惫，但比起日夜担心爸爸回不来的那几年，起码踏实多了。也或许，她并非真的无精打采，爸爸的归返，等于将她的身份给拼凑出来——尽管带回那么些始料未及的暴戾。

妈妈生下我的隔年，阿姆斯特朗登上月球了。

至于爸爸，他没登上月球，却被征召去澎湖①当蛙人②。襁褓中的我则睡了他的床位，每天用哇哇哭声打散妈妈怅然若失的神色。

经营货运行的是外婆，当家的也是她。我几次躺进她的臂弯，并从她的臂弯看到妈妈看着外婆的眼神。外婆越是笑开怀，妈妈越难掩母爱权利被强占的不甘。

我比较喜欢跟外公玩。

爸爸不在，妈妈老是无精打采的。在货运行里，光一件货车抛锚的小事，都能被她想成爸爸是死是活的征兆。当兵这一去，可要磨个三年，回来还会是当初那个人吗？

这样自问自答也不是办法。

所幸，我哭我笑，总能转移她的注意力。我学走路、握起筷子……怎知外婆却从我碗内夹走荷包蛋，放进舅舅碗里。仿佛我越长大，就越威胁到屋内某个人的存在。

渐渐地，我知道了，世界上有一种人，叫作爸爸。每当我问起这

---

① 澎湖：澎湖列岛，由64个岛屿组成，位于台湾海峡中央，西与福建厦门相对。
② 蛙人：台湾地区对当地海军陆战队士兵的昵称。

位名叫"爸爸"的人，脑海里总会浮现出一只探出水面的青蛙，眼睛大大的。

有一天，我正趴在地上找弹珠，一个黑影猛然逼近，从我眼前走过。爸爸没有死，他回来了！

我仔细看着爸爸，发现他的眼睛一点都不大，不像青蛙。他手臂健壮如货车，血管蹿动着油门被踩下后般的力量——他走向妈妈，脸上一副"回来了只好跟你过一生"的表情。转身，他"轰"一声睡下，海军陆战队给了他应付明天的能力。他不怕，也什么都不必正眼以对。

爸爸将自己锻炼成了一只雄蛙，对他来说，其他人都是小虾米。货运行壮汉进进出出，爸爸的脏话也没停过，他跟任何人都合不来，成天鸡飞狗跳只差没蛙跳。

仿佛爸爸嫌在货运行闹得不够似的，外婆帮他消耗剩余的力气。爸爸动辄会对外婆叫骂出各种侮辱性的句子。我远远坐到货运行对面的门庭，往脚前立起一块砖头，想象着自己被吵得翻来覆去难以入睡，准备要大踩"油门"扬长而去。

外婆破口大骂："畜生！来这里讨债的，你们全给我死出去！出去！"一句给爸爸，一句给妈妈。

至于屋外电缆线上的麻雀们，也一只认领一个字，翩然飞去。

欸啦！大锅一炒，香气四溢，外婆怒火大开，料理出丰盛的一桌，猪脚、黄鱼、红烧肉，还有三副碗筷：给她自己、舅舅、外公。

"出去，你们不准吃！"外婆对我们喝道。

夜里，舅舅端了满满一碗红烧肉给我，拨开肉，底下还有很香的煎鸡蛋。我看着他，什么都没问。恐怕舅舅比我更难理解：为什么水和火要放在同一碗里？外公默默地站在一旁看着我们。对他来说，外婆的气焰就像一把让他无可奈何的火，能将院内的一切熊熊烧尽。

对此，爸爸倒是嘲讽以对。

"你看你阿爸，那副德性，男人的脸都被他丢光了，跟你说，我骂你阿母，是替你阿爸骂的啦！"爸爸对妈妈说。

妈妈苦劝爸爸："阿源，不要这样讲啦，再怎么样，这间货运行也是阿爸在撑着。"

"呵，他在撑？连一个疯婆子都搞不定，这就是他撑出来的结果。"爸爸抓起一瓶酒蹀到柜子旁，往梳妆台一敲，瓶盖应声掉落，"我看喔，你弟弟以后也差不多啦！跟你说，如果我以后像他一样没出息，你就可以把我休了。"

妈妈盯着梳妆台边缘满布的敲瓶盖的痕迹，一点都不想回应。

爸爸继续叨念："你又不是他们亲生的，还替他们讲话？以后货运行，还有那疯婆子存的一堆钱，还不都是你弟弟的！"

看妈妈不再作响，爸爸却变本加厉："我每次看你老爸那么窝囊，都很想笑。"

"笑？"妈妈这下生气了，"笑谁？你吃这儿住这儿，有什么资格笑别人？"

一股怒气，在爸爸脸上缓缓扩散开来。但他这次没有发作。"好，没关系，你招赘我很了不起？等我以后成功，你就知道了，我绝对会给你好看。"

"阿源，不要再喝了啦！"

"去死吧，住在这个疯人院，不喝的话，我早晚会跟你们一样。"

爸爸的话，随着弥漫的酒气，让他发出神经兮兮的笑声。我紧缩起身子，看着窗户，心想，希望窗户帮帮我们，早点让酒气离开，爸爸才会变回一个正常的爸爸。

面对这些夜以继日的轰炸，妈妈虽疲惫，但比起日夜担心爸爸回不来的那几年，起码踏实多了。也或许，她并非真的无精打采，爸爸的归返，等于将她的身份给拼凑出来——尽管带回那么些始料未及的暴戾。

"忍一忍就过了啦。"她对隔壁的月霞阿姨说。

至于爸爸，他看外公的方式，正是他激励自己早点脱离这个货运行的动力。

* * *

外婆被爸爸气到快中风，因此把气全撒在外公身上，在她霸气的吆喝、咆哮中，外公的存在越来越渺小。

不久之后，爸爸实践了他的诺言：我们要走了，真的要离开货运行了。

打开皮箱，环顾卧房，妈妈看着这些年下来屋内有哪些东西属于自己。行李收着收着，她解脱般，哭着笑了。

最后一个晚上，我气喘吁吁奔回家，看到累瘫的妈妈靠在皮箱边小憩。

"妈妈。"我轻轻将妈妈推醒，告诉她，我看到了萤火虫。

妈妈微微一笑，闭上眼。几只萤火虫，飞入她梦里。

* * *

我们拎着大小行李，驶上一条漫漫无尽头的公路。

有点落魄，但起码我们家终于可以跟装电视的纸箱上面的图片一样：一个爸爸、一个妈妈、一个我。

爸爸妈妈联手将行李往眼前出现的眷村[①]矮瓦屋一丢，"丁零当啷"。我找了个角落躺下，睡醒时，那些家当已各自找到位子乖乖待着。爸爸不见了，大概去找酒了。妈妈蹲在厨房一角研究怎么开伙。当天晚上，我们坐在地上吃酱瓜配稀饭，像早餐。

爸爸和妈妈不想讲话，一定是在我不注意的时候他们偷偷吵了一架，又或者，是一些我不必懂的，大人才懂的事。

隔壁的慧姨知道我们刚搬来，吃饭的钱都押在房租上了，特地送来一包两台斤[②]的米："给你们分着吃。"

分着吃是什么意思？

每一天吃一点？还是妈妈、爸爸和我自行平分？

那包米还没吃完，慧姨又邀我们假日去她家吃饭。我乖乖坐着，两腿悬在凳子边缘晃着，大人们聊得天花乱坠，爸爸好像跟谁都可以做朋友，做完朋友又可以就地吵起来。

后来，就算不是假日，我们也去她家吃饭。因为慧姨，妈妈又认识了更多同样名叫妈妈的妈妈。有时妈妈煮好饺子说要送一盘去给慧姨，半路遇到阿卿嫂聊开，饺子易主……整座眷村就是一个家，半路碰上谁，都可以不屈不挠地聊下去。

两台斤的米吃不了多久，爸爸也必须要用体力去换更多的米回来。

---

① 眷村：通常是指1949年起至20世纪60年代，台湾当局为了安排自大陆迁徙至台湾的国民党军及其眷属所兴建的房舍。此外，驻台美军及其家属在台的宿舍，包括前述人士自行搭建的一些违建，亦被称为眷村。

② 台斤：台湾地区的重量单位，一台斤为0.6千克。

他到煤气行工作，开货车分送他灌好的煤气罐。我则跟着妈妈往有水的地方去，看着她蹲在河边洗大塑料袋，这是从邻近大饭店里回收的，据说洗干净后，会做成水管。看她大费周章甩着沥着，还要晾干，洗不到几个就累得满头大汗。我坐在远远的大石上，生怕妈妈洗得不耐烦，会将大塑料袋化成一双翅膀，振翅而去。

＊ ＊ ＊

这里叫杨梅①，不是台北市。

"在这里，赚不到钱啦！"爸爸不止一次愤愤不平地说。

对爸爸来说，回台北，才有成功的可能。在这个可能性兑现之前，他就像个耍脾气的小孩，用力搁下碗说："阿莲啊，我跟你讲，以后，家里的事情，不要对别人讲太多。"

"我跟谁讲啦，不就阿慧而已吗？"

"阿慧而已？你不知道那个女人有四只嘴巴？我一个月赚多少，需要你说给整个村子来笑？"

"阿源，你怎么会这样说？我们只是聊天而已，没有人会笑你。"

"没有人是不是？人家笑，是不会让你听到的！一个女人家，四处叽叽喳喳个没完，你会赚钱是不是？洗塑料袋赚很多？会赚的话，家给你养好不好？"说完，爸爸拿起筷子往灶台摔去。

我放声大哭。

爸爸起身继续骂："我再怎么落魄，也不会像你阿爸那么没用！"

说完，他离开家，走向酒。

---

① 杨梅：旧名"杨梅坜"，位于台湾省桃园县南部，曾是台湾省人口第一大镇。

* * *

在杨梅的眷村生活了两年，爸爸妈妈又匆匆将行头搬上货车。

就这样，一家三口，又伴着满满一车斗的家当，驶上公路。我对这样的离去并没有多大感触，坐在妈妈的腿上，就像要驱车出游一样，只是东西带得多了点。

那天下午，货车驶入楼宇林立的台北市，广告牌上好多明星笑着的脸，一张张倒退……

在那个叫作新家的地方，有爷爷在等我们。是爸爸的爸爸。

或许他也没在等我们，他只是揉着眼睛，懒懒起身："来了？"说着，他打开电视，习惯性地爆出一句粗口，跑去屋外调弄天线。我们便趁这个时候，将行李拖进来。

2　酒海

　　侧过头，看爸爸靠坐在木门边沉沉打着鼾，他一醉，哪里都能睡着。蟋蟀大肆鸣叫的夜晚，什么昆虫进出爸爸嘴里都不奇怪，他隔天照样咂咂嘴，跳上他的货车，轰隆轰隆驶向未知的方向。

新家是爷爷的工寮①，在台北市富锦街。过去在杨梅，爷爷只来看过我们一次。换句话说，在这个工寮里，我要学习辨识"爷爷"跟"外公"的不同。爷爷一腿蜷在凳子上，两眼直直地审视着我和妈妈对这个新家的不适应，一句"住不惯就出去"几乎随时准备蹦出那满是黄牙的嘴里。

　　他和爸爸最大的共同点，是看到酒就像巧遇崔苔菁②，整个精神都来了。

　　当爷爷那一双熊猫眼瞪得又圆又大，嘴里传出污浊酒气时，你很难不去担心：这样的人一手促成的婚姻，会有什么好结果？

　　我和妈妈并排躺在木板床上，妈妈已睡去。我频频被外面传来的争执声吵醒，似乎是爸爸和爷爷正在互喷口水。听不清两人在嚷什么，我只纳闷着，为什么酒瓶里的液体，一直都是满的？看起来就像之前听过的聚宝盆故事，一滴口水喷在瓶口，酒瓶里的东西就会漫出来。

　　几个晚上下来，鹅黄色的灯泡总按时把爸爸和爷爷的轮廓，装饰

---

① 　工寮：原指工人干活休息的地方，后来用人单位提供的单身宿舍也被包括在内。
② 　崔苔菁：1950年出生于台湾台北，是台湾地区20世纪70年代至80年代歌坛巨星、主持人，以美艳性感的形象深入人心，当时有"东方玛丽莲"之称。

出一模一样的醉态。从我躺着的角度看过去，不禁要想：今天跟昨天，不是应该不一样吗？

"搞什么，酒都被你喝光了！"

"再买就有了啦！"

"再买就有？你当我财神爷？你来这儿是要把我气死，我收留你一家三口，不是来害自己短命的！"

"去说给老天爷听啦！看他会不会可怜你，下一点钱给你好过年。"

"去死！"爷爷将酒瓶往地上一摔，碎片溅起，我瞬间尿湿，哇哇大哭起来。

但他们对我的哭声恍若未闻，死命要分出胜负。

"你给我出去，我要让你死！"爷爷掐着爸爸的脖子，两人纠缠着往外蹒跚而去。他们打架的方式，就像在训练彼此如何成为真正的男人。也或许，在爸爸眼中，爷爷虽然不好相处，但起码比货运行的外公像男人。

隔天，趁妈妈未醒，我脱下裤子，蹲到屋后的水龙头边开始冲洗，边想：以后我会不会变得跟他们一样？

* * *

很快，爷爷就将注意力从酒瓶上移开，分派工作给我——要我找铁钉给他。我开始得意地将手里歪七扭八的铁钉塞到爷爷粗糙厚实的手里，再转身快步奔跑，出去寻找更多的木条，从上面拔下更多的铁钉。

从那时候起，我便开始在意大人看我的眼光，我想当个帮得了他们的小孩，让爷爷拿那些铁钉去换钱，买更多的酒。我懂得了一个简单的道理：只要帮爷爷得到更多的酒，他就不会像爸爸那样吼我。

木条对我来说，宛如一片森林，为了探索森林深处，我甚至横越马路——妈妈再三叮咛我不准过去——潜入马路对面的铁工厂里面找钉子。

只去了三次，就被逮到，并换来爷爷的一巴掌。

"收留你，不是叫你来这边丢脸的！你这样叫我以后怎么跟人家交代……"

我怔怔地看着爷爷紧紧握起的拳头，如果他一拳挥来，我可会高高飞起？

爷爷仿佛也在避免这可能性。他倒退几步，摸到一瓶酒，将满腔怒气转移到瓶上。

"你老爸喔，以前就是爱偷东西，被我打到跪地求饶，还有一次……"他一边骂，一边得意地细数着以前教训爸爸的丰功伟业。

妈妈循声走过来，没帮我，也加入教训我的行列，给了我另一边脸一大片冒热的五指印。"你哟，给我差不多一点！好的不学，去跟人家偷什么铁钉，小心我叫你爸爸用铁钉把你钉起来！"

整天，我害怕着他们把这件事告诉爸爸。幸好，爸爸返家时脚步东颠西倒，跌跤一头撞响了铁门。

他将妈妈拖起来，强压在她身上，床咔嗒震着。

"阿源，不要啦，已经很晚了。"

"不要？要不要是你可以决定的？！"

"阿爸他们都在睡了。"

"在睡又怎样？床不就是用来睡的？我现在就是要跟你睡！"

"唉，不要啦，我忙一天很累了……"

啪！黑暗中清脆的一巴掌。

"我警告你，给我乖一点，不要以为招赘就了不起。再不给我听话，我叫你阿母过来给你收尸！"

咔嗒、咔嗒、咔嗒，木床的震动，趋于规律。

咔嗒、咔嗒……

* * *

几个月后妈妈突然变胖，我怀疑有人把妈妈当作气球，对她吹了气，身体肿胀，肚皮也大了起来。

"生个女的，恰恰好。"

我已经五岁，也看电视连续剧演过，大概知道妈妈和她的肚子会发生什么事……可是，看妈妈有时弓着身子，明显不舒服，我有点担心，又不知该怎么让妈妈肚子里的东西快点出来。

侧过头，看爸爸靠坐在木门边沉沉打着鼾，他一醉，哪里都能睡着。蟋蟀大肆鸣叫的夜晚，什么昆虫进出爸爸嘴里都不奇怪，他隔天照样咂咂嘴，跳上他的货车，轰隆轰隆驶向未知的方向。

就这样，妈妈也从工寮找到一个秘密基地，每当她不舒服，就蹲到草丛边去捂住嘴，那边有条沟，方便她呕出任何液体。看着妈妈蹲踞在工寮一角，我害怕她肚里那颗球会不小心跟着水沟里的水一起流走，却不晓得该如何阻止这种坏事发生。

我好担心自己永远不会长大。

不能保护妈妈。

爸爸和爷爷这两个大人，成天互推该轮到谁买酒，甚至为此大打出手。在他们眼中，最视而不见的，就是妈妈的大肚子。爷爷酒后甚至开妈妈肚子的玩笑："阿源啊！我看阿莲现在比你力气大喔……"

"比我力气大？要不然就来比一场，看我会不会一拳给她贴墙上。"

"哈哈，你看她那双腿，我看哪，生一生，也肿得差不多可以跟你去做粗工了。"

"做粗工？让女人出去做粗工，男人的面子哪儿挂得住，我看喔，她还是蹲在家里好好反省！"爸爸说完瞪着妈妈加重语气说道，"给我反省！"

反省什么？爸爸没有继续说。

我紧紧偎依着妈妈。

工寮是片酒海。

* * *

那个烈日的午后，铁钉特别多，我满头汗，兴高采烈地拔出一堆，还特别积存到双手满满，才快步蹬到爷爷面前邀功。

只见爷爷冒了满头大汗："去跟对面借电话，快！"

我愣愣地望着他莫名的指示，只想将双手满满的铁钉捧高，让他看得更清楚点。

"去请人家打给你爸爸，说你妈妈生了。"

妈妈……

"去啊！"

我拔腿冲过马路，对着卖槟榔的阿姨叽里咕噜了一堆连自己都听不懂的话，随即趴倒，哇哇大哭起来。十分钟后，哭肿眼的我走回家，发现工寮空荡荡，一个人也没有。地上多出一摊血水，我呆呆站着，看着它仿佛还残存余温的状态，像趴伏于地面的兽类，随时会活过来。

就在这时，我跳到木床上，再度放声大哭，哭累后的梦，或许是一个刚落地的小孩，高高举起一把榔头，后头三个大人跟着走，越走越远……也可能是一个小婴儿，驾着小车，沿着树干，驶向树枝、树梢，大人们仰头，朝他笑着……笑着。

我不记得了。

应该是这类梦境没错。

爸爸一脚将门踹开，将我带回现实。他说："妈妈生了一个弟弟。"不必他问，我说什么都会跟他上车，去任何地方。

他抓起一瓶酒往桌角一敲，瓶盖应声掉落。仿佛酒稳住了他的情绪，货车上他慢条斯理地讲起一些关于一家人的事，大概是说，多出一个弟弟，我以后要好好听话，别再乱偷铁钉讨打。我迅速回想起那战战兢兢的一夜。有哪个时机妈妈可能趁我不注意私下告诉爸爸我偷铁钉的事？我知道不会是爷爷讲的，他酒一喝，什么都不管了。

"哎，我在跟你讲话！"爸爸推了我一下。

我侧过头看爸爸，正好是红灯。

"还有，如果爸爸不在家，帮我看着你爷爷，不要让他乱来……你以后是哥哥了，听到没有？"

爸爸带鼻腔的闽南语，把"乱来"这两个字，咬嚼得有点斯文。

那一刻，他在我眼里，仿佛回到脱掉蛙人装、刚洗完澡般干干净净的模样，身后是午后的暖光。

我知道，这不会维持太久，新生婴儿的哭泣，正朝我们冲撞而来。这个哭声带来的变化，就宛如爸爸当初离家跳入大海溅起的浪花那么巨大。

3 两台斤的新生儿

弟弟活过来，就像点燃了什么。应该是点燃了这个夏天的台风吧。台风过境，对工寮来说，不只是过境。头上的屋顶，铁皮被风吹动，传来咔啦、咔啦的声音。

到医院后，医生对保温室某个箱子指了指。

爸爸与我反应不一样，他皱起眉头，我则耐不住性子直接嚷了出来："不是啊！那不是，那不是弟弟耶……"

"阿丰，不要乱讲话！"

"可是真的不是啊！"

一个刚出生的弟弟，就算看起来不像爸爸、不像我，他至少应该有连续剧女主角抱在怀里的大小吧？他至少要可以两手捧着，而不是一只手就可以抓起来啊！

"明明就不是这样啊！"

我的后脑勺被重重赏了一巴掌："给我闭嘴！"

爷爷走过来说，妈妈已经清醒多了。

我们跟着护士走。这是我第一次来医院，以前总以为诊所就是医院，现在才知道，医院有长长的走廊，肠子一样蜿蜒。总是因为一些不好的事情才让人们走入这里：死伤、瘫痪，特别是一个拳头大小的新生儿。

妈妈虚弱地倚坐病床上，铁碗内的粥满满的，也凉了，却一口都没吃。我走上前，想握她的手，可是在爸爸和爷爷面前，我迟疑了。

爷爷滔滔不绝地对爸爸转述了一遍医生的话，大概是说，生得太早了，小小一团才两台斤，活不了多久，只有死在医院里或医院外的差别。

"准备办后事吧。"爸爸摇摇头，下了结论。

妈妈对他狠狠一瞪。

"阿莲，医生都说没救了。"爷爷劝道。

妈妈把狠厉的眼神，原封不动移到爷爷脸上。"孩子是我生的，不是你们生的，我说救得活就救得活！"

"搞什么！生孩子了不起喔？住院不用钱是不是？你当我是有钱人，我整天累得跟狗一样，比不上一个小崽子是不是？"

妈妈悲从中来，哽咽地说："阿源，这是你的儿子，你怎么可以这么说，怎么可以说放手就放手？不行的啦！"

"不行什么啦？！"爸爸一股怒火烧起来，"你一个女人家能懂什么？养孩子很辛苦的，就算救得活，我们养不养得活，啊？！"

其他病人纷纷往我们这边看。

"好啦！阿源，这样难看，不用再跟她争了啦，这个女人不知死活，她自己会知道的啦……"爷爷拉着爸爸往外走，丢下一句，"东西收一收赶快出院，住院很贵的。"

我趴在床沿，握住妈妈的手，想说些什么，却开不了口。

不知为什么，我喜欢病房这种干净、安静、凉凉的感觉。

* * *

隔天，我看着她，看她看着两个男人碰都不碰一下的弟弟。妈妈抚着他的头，孱弱的脸颊、肚子、腿，双眼未睁的弟弟，随时离开人世都不意外。就算这样，他也是我一天的弟弟。

很快，这小小一个两台斤的生命，开始间歇发出咳嗽声，仿佛有只恶魔卡在他喉内，随时会将他带走。那些咳嗽，随时可能成为一句遗言，妈妈情不自禁地将耳朵往他嘴唇贴附——不管弟弟什么时候走，妈妈想及时听到那句话。

仿佛秒针也卡在原处咳着。

就是咳不出来。妈妈一心急，抱起他，往返踱着。

看着妈妈一筹莫展的样子，我也紧张起来。

整间工寮，像倒数计时的炸弹……

"不行，这样不行。"终于，抑制不住情绪的妈妈，一鼓作气，快步往外走。

"妈妈，你要去哪里？"

我紧跟着妈妈的步伐，上公交车，下公交车，妈妈两腿蹒跚撞入中药店，千拜托万拜托，"你一定救救这个孩子……"老板勉为其难称了一包药材给妈妈，眼中流露出无能为力的愧疚，只差没将弟弟放到秤砣上。

妈妈不是看不出那种眼神。她把钱放下，随即往大街大步迈去，台北市那么大，一定有谁救得了弟弟……

又是巷子又是小弄，走累了，妈妈拐进公共电话亭，话筒那端是外婆家隔壁的月霞阿姨，妈妈讲着讲着哭了出来，她的啜泣，在这么狭窄的空间里，形成巨大的回声。

以前住在眷村的时候，慧姨送了两台斤的米给我们，我们没回礼。现在，老天就把两台斤的苦难送还给我们了。一定是这样的。

妈妈挂掉电话，匆匆走出电话亭就拦下出租车，一定是月霞阿姨给了她一个新地址。

　　我们在一座庙前下车。一位婆婆走出来，妈妈抱着弟弟含泪叩求，当婆婆拿出一把剑，我立刻跳开，躲得远远的。婆婆比画了几下，拿剑朝自己舌头就割，我蒙住眼，透过指缝看到她将血涂在符上，跟妈妈说了些什么。

　　尽管我躲得远远的，但我知道，那婆婆一直都注意着我，一定的。

＊　＊　＊

　　"来，阿振，喝！"妈妈对孱弱的弟弟说。

　　不记得妈妈去哪里找了七种不同姓氏的人家，又很麻烦地收集到那些水、那些姓氏，以火点燃，浸入碗里……也不记得妈妈是怎么喂弟弟喝下那些符水的。

　　但弟弟不咳了。

　　手脚也动了起来。

　　有时弟弟脸上出现一抹轻轻扬起的笑。这对此时憔悴许多的妈妈，太重要了。

　　以后我一定要对弟弟很好很好，来感谢他好起来。

＊　＊　＊

　　弟弟活过来，就像点燃了什么。

　　应该是点燃了这个夏天的台风吧。台风过境，对工寮来说，不只是过境。头上的屋顶，铁皮被风吹动，传来咔啦、咔啦的声音。我紧抱住妈妈，弟弟号啕的哭声不输雷鸣，爸爸什么都不怕，窗外风雨交加，他对镜系着领带，脸上自信满满，好像要台风走着瞧！风雨一过，爸爸就要出门干场轰轰烈烈的大事业。

只不过，在他印证自己满腔的野心之前，还得将被台风吹落的木门修好——这指望不了妈妈，不然，谁来安抚弟弟呢？

我看着惊魂甫定、泪眼汪汪的弟弟，那个大人口中行将死去的小生命，眨着大眼睛。当初他虚弱得让月霞阿姨看到差点脱口而出："这孩子如果活过来，应该也没办法学会走路。"她会把看到的带回去告诉外婆，而外婆会幸灾乐祸。若外婆真的幸灾乐祸，我说什么都要高高跳起来，用双手挡住外婆那张狰狞的笑脸，不让妈妈看到。

现在，只要弟弟长得比谁都好，就是最好的证明——证明妈妈是最好的一个妈妈。

＊ ＊ ＊

"我看喔，我去抓一只狗来养好了。"

爸爸边说边津津有味地啃着鸡腿，这令我产生一种他更想吃狗肉的错觉。

"养狗？狗饲料很贵耶。"妈妈淡淡回应。

"谁叫你买狗饲料了，泔水喂一喂就好了。阿丰瘦得都快被鬼拖走了，狗还吃那么好。"

我怯怯环抱着自己。太瘦真的会被鬼抓走吗？

爸爸将鸡骨头咬碎，吮着骨髓："不弄一只狗来看门，哪天阿振被抱走卖掉，你眼泪都擦不完。"

不无道理。妈妈点头默许，却贫嘴地补上一句："除了你爸爸，还有谁会做这种事？"

"什么，你看不起我们父子就对了？"爸爸拍桌，惊天动地，屋顶似被掀动了一下。

"阿源，我随口讲讲，你不要生气啦！"

"等我赚大钱喔，我就叫你当狗爬给我看！"他将一旁的凳子踹倒，弟弟哇哇大哭起来。

这哭声解救了妈妈。她往哭声走去，饭还剩下半碗。

* * *

没几天，爸爸带回一只狐狸狗。它是白色的，当然，不全白，有点脏，妈妈抓起水管朝它走去，它甩着身体想要挣脱，水花四溅，但冲洗完毕，就乖得像认了新主人似的，跑几圈一干，皮毛蓬松好好摸，腿看起来像四株覆满白雪的茂密的树。

看妈妈把弟弟照顾得无微不至，我也强装不在意，开始把注意力分给狐狸狗，煞有介事地对它做起同样的事。

它叫Lucky，是爸爸取的名字。我偷偷问妈妈，妈妈再去跟对面槟榔摊确认，我们才知道是幸运的意思。爸爸现在的事业，需要"幸运"这两个字。

爷爷醉倒不算的话，我们一家共四口，加一条狗。慢慢长大的弟弟，将窄小的铁皮屋逐寸撑满，像吹气球那样。

爸爸果然不容许铁皮屋爆炸。

所有家当运上车，我们又要搬家了。爸爸没有直说，但我一直知道，当初一到这里，他就蓄势准备离开这个地方。他对爷爷没好感，一如我不知该怎么跟他开口好好说完一句话。我常想，工寮里一定是藏了某个发射器，爸爸每天偷偷按压它一次，按越多次，发射得越高，等时机一到，"咚"一下就把全家都发射出去了。

然而货车上，弟弟的哭声把我们拉住了，一点都没有飞的感觉。

4　球

　　球还没出现，爸爸就开始往外逃。有时，有女人娇嗔的声音跟着一起回来，爸爸不会让那声音进门。但妈妈听得一清二楚，我知道，我就是知道。

新家在台北市南京东路尽头的麦帅桥下，是一幢小公寓。

一下车，爸爸妈妈就拉着沉重的行李往上走，这是我们第一次住在比一楼高的地方。

既在桥下，也在楼上。我喜欢站在阳台，有种奇特的张力。尽管二楼不是最高，但第一次住比一楼高的地方，仍让人兴奋了好些日子，从阳台望下去，好多事可以做，又偏偏不准做。我喜欢这种体内骚动着的长大的感觉。

"妈妈，你看、你看！有牛耶！"

"阿丰，你不要跑太远，牛很危险的！"

"不会啦，我把它带回家养，它就会听我们的话了！"

奔跑在麦帅桥下的草坪上，为了练胆量靠近牛群，这里值得我耗上一整天。

Lucky 跟着我跑上跑下，爸爸在楼下叮叮咚咚，我溜到楼梯间弯低身子偷看，发现他和一群壮汉在弄机器，一时之间也看不出是要做什么。我只知道，这一定跟爸爸的领带有关。

晚上，爸爸常常出门，直到半夜，才伴着酒味回家，鞋子一拽，带着满身疲累就往妈妈身上趴，我感觉到妈妈想挣开，要彼此纠缠好一阵儿，直到一方认输。

几天后，楼下噪声逐渐规律，我再跑下楼，发现多了好多工人。有人打磨，有人焊接，有人抬眼看到我，微微一笑又埋头继续干活，仿佛我也是工厂里的一部分。"这都是我们的吗？"我心想。轻轻想，不敢用力想。

我转头看妈妈，弟弟在她怀里，已经五个月大，应该不会再有谁来把他带走了……但妈妈的眉毛皱得好深好深。以前她和邻居聊天的轻松欢快，已全然从她脸上褪去。

* * *

某天，阳台传来爸爸的呼喝，我竖起耳朵，捕捉到一句："又有了？！"

我挨到门边，看到爸爸指着妈妈破口大骂。

"我整天为这个家累到命都快没了，你就不会注意一点？"

"是要注意什么啦？每次你硬要爬上来，我不顺着你，你又要发脾气。"

"哦，所以都是我的错？你自己都不爱、都不爽快就对了？要这样说的话，我出去外面找女人就好了，何必劳驾你？"

"阿源——"妈妈上前，想拉住爸爸。

"找死啊！"爸爸用力甩开，"大的哭完，小的哭，现在你又生一个来一起哭，整天哭不完，被你们哭倒霉了啦！去死吧！"

是一颗把弟弟带来的那样的球吗？

妈妈捂住嘴，啜泣起来。

爸爸吁着怒气，话没停。

"要生的话，赶快生！我有很多事要忙的。"

"你以为我想生？每天都忙不完了，还有力气背一颗球十个月？生孩子很累的耶！"妈妈迸出了泪。

"你怀胎了不起？我成天累得跟狗一样就活该？也不想想是谁帮你养两个儿子！"

"那就不要养嘛，我带着两个儿子去跳河好了！"

"去死吧！"爸爸一巴掌对着妈妈脸上甩下，"疯婆子，跟你阿母一个样。"

远方两只牛，缓缓从他俩前面走过。

* * *

有个哭声不停的弟弟，我无法想象妈妈如何能承受肚子再度隆起。越缓慢，就越折腾人。我想，如果可以，妈妈宁可那颗球一夜之间冒出来吧！

球还没出现，爸爸就开始往外逃。

有时，有女人娇嗔的声音跟着一起回来，爸爸不会让那声音进门。但妈妈听得一清二楚，我知道，我就是知道。

* * *

妈妈强撑起精神，打点一楼工厂里机器的运作。当时我不知道那叫作工厂，事实上，它不具规模，反而像在偷偷摸摸进行什么见不得人的勾当。起初数月，爸爸连薪水都发得吃紧，因此才更仰赖干练的妈妈，工人们也信得过她。

球越滚越大，妈妈挺直腰杆，不让球拉着她鞠躬，我看得出她很辛苦，也知道她没时间陪我。我拉着弟弟和 Lucky，到河堤草坪，去野餐般用力坐下，我捏起一颗沙士糖①，在弟弟舌上沾一下。

"阿振，这是沙士糖，说，糖果……"

弟弟挥舞双手，想抓。Lucky 不知跑哪儿去了，但我不紧张，Lucky 不管跑得多远，最后总能自己找回家来。

回到家，妈妈已将行李弄好，刹那间，我以为又要搬家了。

"去外婆家住。"爸爸说。

我点点头，知道爸爸的意思是要住到妈妈把球生下来。

货车上，偶尔转弯、颠荡，我手臂轻碰妈妈的球，陡然一缩，怕弄坏了什么。

以前，不知道妈妈肚里的球会变出什么，这次，虽知道球会变出人，却不知道会是弟弟还是妹妹，所以，我依旧只能称它是球。我侧头，看爸爸那张不带表情的脸。他会不会把我们抛下车后，不再回来？

到了外婆家，毫无意外，爸爸没下车，一声招呼都不给外婆，随即重踩油门离去。外婆瞪着我，好像我随爸爸妈妈离开是背叛了她。接着她又瞪妈妈："那么爱生，整个台北市都被你生满了啦！"

快步走来的舅舅化解了两个女人似有若无的对峙。舅舅一把将我抱起，以鼻子摩挲我的脸："小鬼，好大了，长这么大喔，舅舅都不认识你了。"弟弟未受到这等欢迎，我心底偷偷得意了好一下子。

舅舅还在念书，十七八岁吧，看到他，我就想快快长大，变得跟他一样高大、挺拔。

那晚，外公沏了壶茶，他如同一位帮佣。

---

① 沙士糖：沙士或沙示，是港台地区一种墨西哥产植物为原料制成的碳酸饮料的名称，沙士糖则是以此饮料制成的汽水硬糖。

"阿莲，身体好吗？"

"还可以啦。"妈妈把头垂得低低的，忙了一天，显然是累了。

坐在一旁的外婆叹口气："你要好好管阿源，入赘没有入赘的样子，当初招赘，就是要他好好照看货运行，谁知道他脾气那么猖狂霸道，竟然变着法子骂我各种难听的话，我多大岁数了，可以被他这样指着骂？"

我倚在门边偷听，仿佛多收集一点这种秘密，就可以拿来抵御大人不定时的迁怒。

"你那大儿子没出息，看脸就知道。"

"阿母，你不要这样说阿丰啦！"

"我在我家要怎么说是我的事啦！不满意的话，你可以马上出去！"

外婆下完这结论，我转身离去。

就在菩提树下，有个声音叫住我。

"阿丰、阿丰……"

舅舅压低声音，像怕外婆从背后将他一把拎走。

"舅舅，怎么了？"

"这钱给你。"黑暗中，我看不清他塞给我的纸钞是多少钱。

"舅舅……"

"去买糖果吃，或是存起来，不要告诉你妈妈。"

"那我可以告诉爸爸吗？"

"也不要。"

"那我可以买芒果干吗？"

"可以，快拿走，拿去藏起来。"他催促着我。

不知道藏哪儿才行，我只好塞在床垫下。

* * *

外婆再怎么数落妈妈和我，还是请人抓回一些药材。毕竟，"上一胎的月子没坐好，这一胎要补回来。"外婆是这样说的。

妈妈耸耸肩，话不多，仿佛该说的她都说了，其余不想说的，就藏入肚内的球体。这一刻我隐隐察觉，我们搬到麦帅桥下工厂的那几个月里面，一定发生了什么，是我不知道的。

白天我到西松小学上半天课，可以不用看到外婆。下午就拉着弟弟往外跑。弟弟跌跌撞撞追着我，我领着他去以前最常去的泥地捉蟋蟀，他乐过了头，一个劲儿朝地上趴，我赶忙将他的衣服拍拭干净。现在多出一个"哥哥"身份，我有义务让妈妈安心生产。

我们住的这个地方，距离爸爸的工厂一趟车程，根本不远，但我理解爸爸何以一点都不想来外婆家看我们。

* * *

没有下雨。

那个晚上，弟弟不知为什么，一直哭，一直哭，嘴里咿咿呀呀地说炮弹飞车不见了之类的话。连我都只辨识得出这四个字，妈妈就更听不懂了。

没多久，外婆的警告就送到门边了："阿莲，你儿子怎么了？这么晚了，大家都不用睡？"

我心里很怕，毕竟回外婆家住，算客人。如果弟弟再小一点，大人就会原谅他，可他现已一岁多，怎么也不该莫名哭成这样。

哭嚎稍微转小，只剩断断续续的抽噎声。妈妈累了，撑起身体，叫我好好看着弟弟。她蹒跚地往外走，推开房门，斜倚着。我看见她身子的剪影：她沿着门边往地上滑坐下去。

"阿母！阿母！"妈妈突然扯开喉咙大喊。

本想上前的我，被这凄厉的喊叫声给吓呆了，弟弟突然又提高的哭声却解救了我——妈妈叫我看紧弟弟，我不能乱跑。

是妈妈叫我不能乱跑的。

外婆，快来啊！外婆……

"哎哟！你怎么流得满地是血啦……"外婆的声音气急败坏，"你不知道这样会带来霉运吗？"外公、舅舅闻声而来，手忙脚乱地搀起妈妈。外婆的斥责声变本加厉："阿莲你真的是扫把星。回来一趟，大家都不要睡，陪你在这边耗就好了！"

"好了，你别再骂了。"外公说。

"什么叫别再骂？做生意不能让她触霉头的呀，叫她好好安胎她不听，整天一副倒霉脸，好像我欠她多少，你知不知道流产会带来霉运？咱们的生意还要不要做啊？什么叫我别骂？你为什么不叫她那第二个孩子不要再哭啦！"

弟弟的号啕加上外婆的咆哮，让我想起工寮那个台风夜……

整个晚上，我不敢移动身子一英寸。我只知道，大人们为了球的事，忙得不可开交。隔天早上，我悄悄走到门边，看到水泥地上，球化成的那摊液体，已拭干，却也留下一抹淡淡色迹。

5 滋滋，早安

"阿丰。"它在叫我。我往铁窗挨近，贴着，往里头探看。有人在里面。"阿丰。"那声音又叫了我一声。我知道：那个没能跟着我们回家的新弟弟，就在里面。

货车上，妈妈没话对爸爸讲。

这趟回家的路，就像那颗流出许多血水的球，好多好多东西，慢慢从窗户、从通风口，流了出去。

遇到红灯，爸爸点了一根烟，红光在他眼里闪烁。烟雾瞬间弥漫，弟弟怯怯地将妈妈抱紧。妈妈缩了一下，她尚未痊愈的肚腹禁不起这样用力抱，但她却也忍住。不忍的话，还能怎么办呢。

绿灯一亮，我突然想起，忘了把床垫下舅舅给的钱带回来了。

回到家，藤椅上挂了条紫色女内裤。它出现的地点，以及爸爸故作从容地将它拿走的姿势，让我意识到：那不是妈妈的。

我突然懂了，为什么有阵子妈妈病恹恹的，什么话都不说。

而球离开后，爸爸妈妈就更什么话都不想说了。

说了，也不能怎么样。

* * *

吃完饭后，碗盘回到碗柜，家里的声音一下子就没了。

"妈妈……"我探头找妈妈的身影。

一点儿都不难找。只是，妈妈却静得出奇。

她独自坐在厨房的一张凳子上，面朝后门，仿佛不想让谁看到她的脸。球已离开她的身体，但疲惫并没有离开。她哀伤的背影，藏着什么心事都不奇怪。日子还是要过下去，一个来不及被命名的小孩，穿过她的身体，不再回返，妈妈心里一定舍不得。

我知道，她一定舍不得。

只是，连张照片都没有，她只好面对铁门，彷徨着该对谁掉泪。

＊ ＊ ＊

入夜，妈妈整理完家务，已经很累很累，她往床上一倒就睡，好似永远不会再醒。

我盘坐在地上玩尪仔标①，要给史艳文和藏镜人分出个胜负。

"阿丰，去买酒。"爸爸给了我两张十元钞票。

我把头压得低低的，不敢直视爸爸的眼睛。

经过楼下，探看一眼，透着鹅黄光线的工厂，机具又添了几件，蓄势待发。霎时之间有种错觉，妈妈肚里消失的那颗球仿佛去了工厂里面了。

抱回两小瓶米酒。妈妈大概睡得更沉了。爸爸习惯性将酒瓶往桌沿一敲。

咔。

我转身要走。

"等等。"

我停步。

---

① 尪仔标："尪仔"是图像的意思，"标"则指标签一类的东西。尪仔标上的图案通常为儿童喜爱的人物造型，比如正在上映的影视剧、动画片主人公，尪仔标的游戏玩法近似于大陆的画片、反斗圈等。后文中的史艳文、藏镜人均为当时台湾布袋戏动画片中的人物形象。

"找的钱呢？"

我摇摇头。

爸爸拉住我，往我口袋内一抓，抓出一把沙士糖。爸爸看看糖，看看我。没太多迟疑，他朝我用力一踹，我往后飞，撞到藤椅上，后脑一阵剧痛。

"啊……"我放声大哭。

"再哭啊！再哭啊！"爸爸又补上两脚，还是几脚，我忘了。

妈妈不会醒了吗？妈妈会不会以为是弟弟的哭声，就稀松平常地翻身继续睡了？

爸爸回到他的大座，跷起腿来开始喝酒，不是牛饮那种喝。酒进了他嘴里，自能生成一种新功能，一如妻儿回娘家一趟，他就能自个儿胸有成竹起来。

我缩在客厅一角呜咽，心底默算着到第几声再停，爸爸才会完全忽略我也在客厅里。

一瓶酒的时间。爸爸坐在藤椅上不动，他身后是月光，我看不到他脸上有什么。

我蹑手蹑脚，往门口爬去，过程中爸爸只隐约挪动半寸。在他眼里，或许我的存在就像缓速画圆的秒针一样。爬到门边，赤着脚，我迅速往一楼走。就在一楼，我正打算快步逃走时，却有一股力量，定定将我拉住。

"阿丰。"它在叫我。

我往铁窗挨近，贴着，往里头探看。有人在里面。

"阿丰。"那声音又叫了我一声。

我知道：那个没能跟着我们回家的新弟弟，就在里面。

我知道他是弟弟，不是妹妹，我就是知道。

"弟弟。"我轻声唤，"弟弟。"

突然，那力量又消散了。

我等了一下，想到一个方法。

我转身，假装要离开。

"阿丰……"他又开始呼唤我了。

我将舌头，抵在牙齿中间，发出类似老鼠的声音："吱吱，吱吱……"那力量这次没被吓跑，他继续回应着我。

就像一块超大型的磁铁，迫使我朝它靠近。

"吱吱，吱吱……"

模仿老鼠的声音。我要他知道，这里很安静，出来没关系，"吱吱……"我紧抓着铁窗的铁条，直到铁条在我掌心印出深深烙痕来。我不断召唤那个离开太早、来不及降临的弟弟。

"都去死吧！你们全都给我去跳河，最好早点死一死！"

楼上爸爸的醉话传来，打断一切。

吱吱也被吓跑了。

我在廊阶轻轻坐下，摸摸 Lucky，我发现，它也看着我，似乎知道刚刚我发现了什么。

托着腮，我心想，或许以后学老鼠发出吱吱声，叫久了，弟弟就会露出脸来。

但吱吱这名字很奇怪，没有人的名字会有口字部的。要帮他取个新名字才行。

仰头看月亮。它又大又圆，就像一枚太阳。

滋滋，早安。

＊　＊　＊

机具的运作，越来越像几只有力的臂膀。

咔啦咔啦，臂膀挥着挥着，整幢楼似乎快承受不住它规律的蛮力。若整幢楼真被震垮，瓦砾堆里，该会冒出一只像动画片里那样的科学小飞侠[①]吧？

我仰头看天。

"阿丰！"往往这时，会有个男人的声音粗暴叫住我，"叫你不要站那儿你聋了是不是？"

爸爸的躁怒就像白天机具运作过度的余热，再突然，我都得忍受。

但爸爸对弟弟，却是截然不同的、异常的宠爱。爸爸的大腿，对弟弟来说，是畅行无阻的一座山。有好一段时间，我错觉弟弟有着远优于我的运动细胞，所以爬得上那一座名叫爸爸的山。

"阿振，爸爸为什么买麦芽糖给你吃？"

"因为爸爸要买给我吃啊。"弟弟听不懂我的用意，也说不出个所以然，只一径舔着糖果。

我转而走向妈妈，她在厨房正忙得焦头烂额。"妈妈。"

"去外面玩，妈妈在煮饭，不要在这边。"

高丽菜丢入锅内，欻啦喷着油。

---

① 科学小飞侠：又名《神勇飞鹰侠》，1977年被引进台湾地区。是由日本龙之子工作室于20世纪70年代制作的系列动画片，还有两部续作《科学小飞侠Ⅱ》《科学小飞侠F·旋风斯巴达》，属于科幻动画片的早期作品。

"妈妈，爸爸买麦芽糖给阿振吃。"

"不要吵妈妈，要吃麦芽糖，去叫阿振分你吃。"妈妈抓着锅铲，迟疑着要不要靠近锅。

"阿振为什么吃得到爸爸买的麦芽糖？为什么？"

"不要吵妈妈啦！快吃饭了，不要再吃糖果饼干了啦！"

* * *

我不轻易放弃找出那个"为什么"的答案。日日夜夜，我竖起耳朵，等待真相浮现。

直到有一天，爷爷来了，我终于听见答案。

爷爷看到工厂经营得有声有色，醉话不再，竟然端坐得像个好客人。

爸爸也不跟他抢酒喝了，他塞给爷爷一沓钞票，说："省着点用，工寮那边就不用继续做了，回南投种青菜吃，我会按时寄钱给你买酒。"

"阿源啊，以前跟你吵来吵去，你就不要放在心上了，有时候，人生就是这样啦，再怎么坏，也是自己的亲人。"

我倚在门边，看到爸爸那张不屑的脸。

"若你几年前会这样想就好了，我今年也二十八岁了，如果还那么好骗，我生意也不会做得这么有声有色。"

"唉，跟你说，你也不了解。"

"我怎么会不了解，儿子是我自己生的。"爸爸将烟弄熄，跷起腿来，"咱家阿振出世后，我的运就跟着旺了起来。阿振的八字会带旺。"

爷爷眼睛一亮，紧接着爸爸的话说："好在当初孩子能救回来，还是我帮你把阿莲送去医院的咧。"好像这样说，爸爸就会多塞给他一些钱似的。

"呵呵！"爸爸轻蔑一笑，"说得跟真的一样。"

"阿振是在我工寮出世的，再怎么说你都要感谢我。至于你家阿丰喔，我看随便养养就好。"

"呵，话都是你在讲，孩子都是我在养。"

* * *

那个夏天，爸爸买了一大箱积木给弟弟。

看着那箱花花绿绿的积木，我心底莫名空虚。弟弟叫我陪他造城堡，我却还是妥协地坐了下来，收下这弟弟带来的好处。

偷偷藏了蓝绿红黄好几块积木去学校，同学围过来。我跟同学说，我家在做消防器材，他们耸耸肩，不是很感兴趣。

"等你们家失火，就等着后悔当初没跟我们买！"

尽管大话撂得出口，我还是没有概念，爸爸凭着他的事业赚了多少钱。工厂的机具声越来越大，大到仿佛整栋楼都快装不下了。

弟弟两岁半那年，爸爸说："要搬家了。"光这句话，我就猜到，一定是更大的一个家。

* * *

爸爸无所不能。爸爸力气很大，爸爸对着南京东路，用力劈出两个家。

6 南京东路

爸爸的脚往我身上狠狠一踹，我头朝地，在地板上撞出满天星星。一两颗星星滴落地面，变成血。

我们抛下工厂所在的麦帅桥，正如过往抛下外婆的货运行、抛下杨梅的眷村、抛下爷爷的工寮。一家四口徒步朝着南京东路车流频繁的方向前进，那是新家，两间，等着我们。

其实也不算两间，它们都在一楼，一间工厂，一间住家，中间打通，没有门，妈妈说那叫连通口，像一处不为人知的秘道。如果地震震垮了一边，就要赶紧通过连通口，躲到另一间屋子。

这是第一次，我们家门外有那么多车。我等不及告诉妈妈，钟要挂哪里、Lucky住哪里。也终于，我和两岁多的弟弟，有了自己的房间。两人住一间，但仍称得上是自己的房间。

倒完垃圾，我汗流浃背走回大门边，看到爸爸和弟弟在客厅地上围坐着，有说有笑地组装着晒衣架。爸爸抬头看了我一眼，又随即转开，埋头找零件。那枚零件的功能，就是让爸爸不必看我。

我轻轻走过客厅。

"阿振，帮爸爸找一下华司。"

"华司是什么……"弟弟愣愣地复述了一遍，拿了个东西给爸爸。

"那是螺帽啦，不是华司。华司是垫片，垫在螺帽下面的。"

我侧头，刚好瞥见爸爸笑着摸摸弟弟的头。

我泄气地低下头，却看到脚边一枚圆圆扁扁、中间有个洞的铁片。我本能地蹲下，将它捡起拿在手上，打量着。

　　然后我望向爸爸。这一刻，他也正好望向我，跟我四目交接。

　　铿！

　　我额头一阵剧痛，整个人跌坐地上。一切来得太快，以致我分不清刚刚爸爸拿了什么往我头上砸。

　　"搞什么！我们找华司找了半天，结果被你拿去！你当作是玩具，那么好玩哪？"

　　我捂住额头，愤愤不平："又不是我拿的！"

　　"……你再给我讲一遍……"爸爸起身前先骂出一堆粗话，像一面瞬间被激起的海墙，往我淹了过来。

　　我扶着墙，节节后退，开始呼救："妈妈……妈妈……"

　　爸爸的脚往我身上狠狠一踹，我头朝地，在地板上撞出满天星星。一两颗星星滴落地面，变成血。

　　"怎么？不高兴？不想住就去睡马路！我办厂不是来养你这个畜生……"骂着，他往我后脑勺又是一踹。

　　"好了啦，好了啦！阿源，你在干什么？"妈妈快步过来挡爸爸，他一把甩开妈妈，我听到木板墙上的挂钟抖了一下。

　　爸爸又踹了我两下："气死我！气死我！"

　　"好了啦！一个小孩子而已，有必要气成这样？"妈妈将爸爸推开。

　　"呸！"

　　一口痰，落在我脸上。爸爸脚步声远去。砰！大门摔得惊天动地。

妈妈搀着我起来，我吸着鼻血。"阿丰，你头抬高。"

我看着天花板，心底庆幸着自己还有那么一点气死爸爸的功用，否则，没最后那两句话给他润喉，这顿打恐怕没完没了。

"搬来这边开销大，你爸爸最近心情比较差。"

我点点头。

"你头抬高啦！"

＊　＊　＊

接下来几天，妈妈朝墙壁泼洒调了洗衣粉的清水，将墙壁刷成一件新衣服。妈妈从不让人失望，连洗衣粉包装袋上印着的主妇，都对她的劳动成果露出满意不已的微笑。

新衣般的墙立在那里，人们进进出出，忙得不亦乐乎，原本硬安上的"工厂"称呼，也逐渐理直气壮起来。它虽坐落于我们睡觉地方的隔壁，但也算家没错。毕竟，我们睡，工厂也跟着睡。

日子仿佛就在这里定型了。我有预感，这是我最后一个家。就在这里住下来，不会再搬迁了。因为这样，心底总忍不住想：爸爸骤变的性情只是一下子、一阵子，只要他愿意再对我好，我随时可以卸下心防，跑向他，用力抱住他。

有次放学回家，看到弟弟腻在爸爸怀里，小手握了根麦芽糖，滴得到处都是。

我的视线与爸爸的对撞后随即弹开。

"阿丰。"爸爸叫住我。

我眼眶涌进泪水，难道爸爸也给我买了？

爸爸停了一下，说："去拿抹布来擦一擦！"

擦一擦。夜里口渴,我走向厨房,摸到碗,喝水。"滋滋……滋滋……"我不忘低声呼唤滋滋的名,爸爸面孔越是严肃,我就越相信,滋滋会出现。现身安慰我。

* * *

机具声仿佛唰啦唰啦印着钞票,噪声越来越规律,也越来越嚣张。

南京东路上往来的人们不在乎,这本就是个赚钱的地方。

日子看似变好,但我身上不断添换的伤痕,让我羞于待在教室,就算同学不理睬我,我也提心吊胆他们会突然掀开我的上衣,哈哈大笑……于是,时不时我就翻墙逃课,好多次,我拿着妈妈给的区区一块铜板,在小卖铺和漫画店之间犹豫不决,多数时候还是右手被漫画店拉走了。

跑啊跑。

漫画店前,我喘着,喘着,却情不自禁地对一排又一排的漫画书微笑点头,逃课得来的珍贵悠闲时间,就不声不响给了《西游记》。早已养成看一本花十分钟的习惯,一边用手指累计本数,一边心里默算何时该离开——但时间偶尔还是悄悄转眼不见。指头紧压着漫画书继续看,妈妈说:"再这种姿势,要近视了。"一种"妈妈不知我在这儿"的快意,渐渐与孙悟空牛魔王对决的紧张刺激合而为一。也是从漫画,我才意识到,时间是摸不到却会悄悄跑掉的东西。

漫画店深处有间密室,敲两下,门会打开,迎面袭来的春宫杂志,大胸脯、大屁股,应有尽有也难以形容。我常想,如果爸爸知道我来这里,到底是会先把我打死,还是会责怪我不早点告诉他呢?

爸爸的钱只会越赚越多,不会越赚越少。他越想多给弟弟一点,对我的鄙视，就会等量增加。

日子真的不会再变了。

* * *

一如数学课从加减进阶到乘除，爸爸对女色的需索饱和到需以乘法来计算。他越来越常外出应酬，我常听见女声徘徊在家门外。而他厚实、粗蛮的大手，也越来越多地往我身上招呼。

直到那一夜，那双大手逼得我这一辈子一定要用力记住它。

那天我流连漫画店回家太晚。到家后我先偷探了一下工厂窗户，妈妈还在加班猛按计算器，弟弟坐在她腿上。

我心想，爸爸八成去物色新阿姨了。信手推开门，我没带戒心，未料藤椅上轰然涌起一个狂涛般的黑影——

"啊！"我惊叫出声，随即定住。

黑暗中有那么几秒，我感觉自己被困在一池爬满毒蛇的水塘内。

"阿丰！"

我多么希望当爸爸酒后倒嗓时，他的力气也会随着粗涩嗓音减弱。不幸的是，这念头错得离谱。

"去哪里了？"

"去……"

"大声一点！"

"去……"黑暗中，我发着抖，"去看漫画。"

"看漫画！"桌子飞了过来。

丁零当啷……打火机、烟灰缸撒落满地，还有几枚失去方向的铜板，撞上了墙。

"漫画会教你赚钱是不是？啊？"

有股挖掘机般的力量一把将我拎起，我不敢动、不敢吭声，只希望有枚铜板快快滚到隔壁跟妈妈求救……

"去死！"

那只手将我往墙角重重一摔，我手肘的麻筋磕着地，整条手臂突然着火般，痛得我流出泪来。

"我……我……我去看《西游记》……"

没等我讲完，爸爸一步上前，往我肚子用力一踹。

"下次不敢了！我下次……哎哟！"

第二下。

我拼命地往厨房连滚带爬，锅碗铿铿作响。我接近后门了，伸手快够到后门了——一只巨人的脚将我踩扁，踩平。

脸紧贴地，我看到好多萤火虫，在空中飞来飞去。

屋外 Lucky 嚎叫起来。

妈妈……

耳边只传来爸爸劈头盖脸的大段脏话。

两岁时，我曾跑到外婆家斜对面的刀削面摊看老板揉面，他娴熟的手，将面团往木砧板一丢、再丢。此刻爸爸说的每一句话、踹的每一下，让记忆中那团上下跳动的面团，又变得清晰了起来，在我黄黄绿绿的视网膜里。

等爸爸踹累了，我也恍如一具平贴地面的标本，逐渐风干。他野兽般的喘息充塞了客厅。浑身无力的我，恐惧丝毫未减。或许是使力过猛误踢了桌角，爸爸跛着脚，走回客厅。

走廊那端客厅，有束光，亮过来。

然后，我看到了滋滋，我未能出世的弟弟，他终于出现了，滋滋。他是个男孩，顶着浑圆发亮的光头，看起来比阿振还高一点。

滋滋就默默站在那头，看着我。他眼睛周围布满深邃的黑，像黑眼圈，也像瘀伤。慢慢地我看出，他想帮我分担一点伤。他一定是想要帮我。

"滋滋，这样也好。"我心想，这样也好。

两行泪淌下，将我的脸和地板，分开。

好凉喔，滋滋。

好凉喔……

我变回弟弟刚出生的重量，只有两台斤。

甚至更轻，随时飘走都不奇怪。

7　小小的迁徙

当爸爸躺卧床上呼呼大睡，鼾声传来，我才稍稍感到安全。有时，我甚至走近爸爸妈妈房门口，偷听动静。我总认为，家中一定有我不知道的秘密，唯有透过虚掩的门，才听得到。

我决定从此睡到工厂后方的小房间。那一夜，我抱走一个枕头，天真地以为，有人会整晚焦急地找不到我。

　　没人找我。隔天醒来，默默看着一只壁虎爬到天花板一角。

* * *

　　我不能回去。

　　一点都不能。在这屋顶底下完成了这趟距离十来米的小小迁徙，是我唯一能够提出的抗议。

　　可是这个抗议没有声音，他们也压根儿感受不到。

　　我擅自搬到偏僻小房间后，弟弟当然哭嚷着要跟爸爸妈妈一起睡。他的八字注定要旺财，更是爸爸赚大钱、全家得以搬到南京东路的原因，因此他当然有权决定自己睡哪儿。我怀疑年仅三岁的他是否理解正在发生的这一切——如果五年、十年后，他细数起自己曾经独享的一根根麦芽糖，到那时，他的心底是否知道，他有这么一个曾经受尽委屈的哥哥……

　　我小房间的天花板油漆斑驳，入夜安静得一片死寂，仿佛我才是工厂的主人。我确信，我能在这里做些什么，但到底要做什么，又屡屡让我翻来覆去，辗转难眠。

这小得可怜的两坪空间，不过六七平方米。木地板就是床，缝隙中可见木霉，我不定时地带入一些小东西来装饰这破陋的空间。装饰，或许也是修补。最后，干脆在枕头边放了个木制的聚宝盒，敲了会铿铿作响，里面放置我心爱的玩物。听说，久了以后，那些小玩物会帮我实现愿望。

我也更加好奇，不知道这个房间以前曾经发生过什么事……

这里虽然听不到爸爸妈妈卧房的声音，但爸爸若是执意想冲过来揍我，也可以很快。

爸爸不止一次证明：蛙人上了岸照样可以很敏捷。他踹门用的力道之大，让锁扣也应声落地投降。我有时被打到意识不清，脑里慌急之间，眼前突然闪掠过好多张脸：舅舅在哪里？外婆在哪里？爷爷在哪里？

妈妈常常呼天抢地阻挡爸爸殴打我，但失败较多。有回她情急之下想移转爸爸的注意力，于是随口胡诌说工厂员工万金叔藏了一瓶洋酒不知在哪儿。那酒鬼信以为真，狂风一样在厂房翻找一遭，接着用力点烟生闷气，险些烧掉自己的眉毛。

喝洋酒？呵，他知道酒杯怎么拿吗？

看着我房门上奄奄一息的锁扣，我不死心，一再用十字起子把它拧紧，毕竟它给我跳窗逃脱的求生秒数。无奈蛙人力大无穷，螺丝爆开留下的洞爱莫能助地看着我，说："算了吧。"

右手折腾到发麻，我沿墙瘫坐地面，心想一定有方法让爸爸没那么容易冲进来。

可想而知，当爸爸躺卧床上呼呼大睡，鼾声传来，我才稍稍感到安全。有时，我甚至走近爸爸妈妈房门口，偷听动静。我总认为，家中一定有我不知道的秘密，唯有透过虚掩的门，才听得到。

＊ ＊ ＊

那一个晚上，我突然惊醒，口干舌燥。

蹑手蹑脚绕向厨房，爸爸妈妈卧房的门缝露出一丝微黄色的光和窸窸窣窣的吵嘴声。

"阿源，不需要再花那个钱了啦！"

"你一个女人懂什么？做生意该花的就是要花，如果连这点钱都不舍得花，生意也别想做了。"

"可是……我每天不就在做会计的事了啊，怎么还要花钱再雇一个？"

"说你不懂你就是不信。我请的是秘书，是要跟我出去谈生意，要打扮得美美的，人家客户看了会喜欢的。你看你这副模样，蓬头垢面，也不照一下镜子，带你出去见客户能看？"

我蹲在电视旁的小角落，紧掩着脸。

妈妈陷入沉默。她受的委屈，一直都不比我少。

半晌后，终于，她说话了："好了，睡了啦。"

爸爸没答话。

"阿源，你要去哪里？"

"出门啦！吵死了。"

"你要去赌博喔？"

"哼。"

"不要再赌了啦！"

"滚！"清脆一声巴掌，"你再管，我一拳给你早睡早起。"

我警戒地起身，却因为腿麻，又扶着墙哐啷一声，坐倒下来。

还好爸爸没听到。

他迅速走出卧室，我赶忙缩入电视柜旁隐蔽的角落。

爸爸走向客厅，打开灯，胡乱抓起钥匙、香烟、打火机，又忽然停住，看着一张单据。

我屏住呼吸。

在门"砰"一声关上后，我才将眼泪拭去。

8 房内的变化

从没被一双有力的臂膀这样抱过。原来是这种感觉，仿佛一个爸爸般的男人，呵护地抱着你，纵身一跳，从天上缓缓降落……

搬到这个窄小空间里以后，我常竖起耳朵，将隔壁厂房机具的运作听得清清楚楚。我能分辨出窸窣、咔啦的不同。我也会大步通过工厂，用眼光指认那些机器，也跟作业员们打招呼。

　　唯有假日，工厂才安静下来，不像一座弥散着铜臭的印钞机器。天空放晴，几个熟识的叔叔阿姨会聚拢到厂门边，平时脏兮兮的工作服全都像灰姑娘遇到仙女教母，变成了花衬衫、喇叭裤，也不必有南瓜马车来接送，常常就是几辆摩托骑着走。我总是跨坐在他们中间，前后被两个大人紧紧夹住，但沿途吹风看着倒退的缤纷街景，好舒服喔……

　　过了几天，我逃课看完漫画后没回学校，却偷偷跑回家。透过窗，看到一个素未谋面的女子，在工厂内的办公桌旁与坐着的妈妈对谈。

　　当然听不到她们聊了什么。

　　这就是爸爸上次说要雇用的新女秘书？她叫淑娟？

　　她会成为我们的一分子，加入往后的公司假期出游吗？

　　我紧挨着窗，视线滑过她漂亮的洋装……如果是中国小姐选美，妈妈就要让位了。

　　果然，妈妈起身，往这边走。

我一溜烟钻回隔壁的屋里。

弟弟在房间里玩，喊了声："哥！"

我想他的意思是，我为什么没在学校。

我斜眼瞪了他一下，快速找出被他乱画一通的语文课本。回家拿课本，这理由够他住嘴了。

爸爸不在客厅。我突然生出一种难以抗拒的感觉，想要昂首走出客厅。

开始迈出大步走出客厅。突然间，停步，在客厅角落，我看到了滋滋。

这是自从搬到南京东路新家以来，他第二次来看我。他的脸色还是那么苍白，瞪着圆圆的大眼睛怔怔地盯着我，好像有什么话想对我说。

他没说，当然不会说的。

"滋滋。"

我一唤，他又跑掉了。

屋内一片静谧。

低头看，我记住了，脚下这里是遇见滋滋的位置，才继续走出去。

＊　＊　＊

过了几天，我蹲在厂外喂 Lucky。

"喏，要不要吃？"

淑娟姐手一伸，是一包热气腾腾的车轮饼。

"好！"我用力接住，又顺手丢了一块给 Lucky。

她整个人愣在原地。如果告诉她，我口袋里有张五元钞票是刚从会计抽屉偷的，恐怕她那张涂满口红的嘴，应该会张得更大吧。

身为新进员工，还有个秘书的职称，我知道淑娟姐还在战战兢兢适应这个环境。她一张脸稚嫩、秀气，涂上口红，是应酬所需。

"谈生意，总要打扮一下嘛。"爸爸是这样说的。

她不该擦口红的。素净的脸就很好看，可是爸爸那样的老板不让她这么做。未来她的职务，也可能全为了爸爸口中的生意、生意、生意。我希望她可以和妈妈成为好朋友，多听听妈妈的话。我打从心底相信，妈妈可以帮助她，成为一个更好的女孩。工厂男孩子那么多，说不定，她也能交到一个不错的男朋友，就像厂里另一个阿姨所说的。

"像阿成就不错啊！"和淑娟姐混熟后，有一天我对她说。

"呵，那小伙子，我才看不上眼……"她斥责似的继续说，"不过，他上次跟我聊到，他叫我告诉你要用功念书，不然长大就只能跟他一样当作业员。"

"他？他为什么不自己过来跟我讲？"

"哈，有时候男人之间的关心，比较说不出口啰……等你变成男人就知道了。"

淑娟姐说完笑笑离去。

我紧皱的眉头久久无法舒展开。

* * *

阿成的外表看起来大约十九岁，高瘦，一副爱玩的样子，双眼透着一股英气，却总是把话说得含糊搞笑，惹得我老是想上前看清楚，他嘴里是不是咀嚼着些什么。

"喏，分你吃。"结果是芒果干。

阿成常加班，目的多半是为了跟万金叔等人把酒言欢，有时唰唰地发着扑克牌，嘴里常含糊说些我听不懂的牌桌术语，偶尔还有滑稽的闽南歌，一群人就像是欢庆中秋佳节似的。我常轻轻走近门边，贴着耳捕捉隔墙那群人"好玩"的醉态，听着听着，我忍不住渴盼，爸爸有一天也能变成这样。

但爸爸，每每令人失望。

＊ ＊ ＊

有那么一个晚上，我被一个声音吵醒。原本轻挡在门边的铁凳，开始咔啦咔啦自己轻轻行走。很奇怪，但我不怕，我就是知道那不是爸爸。

当然不是爸爸。

紧闭眼，我装睡。

然后，一袭体温，缓缓覆盖在我身上，又将我搂紧。

阿成的酒气朝我耳边吹拂，很规律，不像打呼噜。我知道他醉了，也或许没有。不论他醉意多或少，我确知，他清楚地意识到，自己的双臂抱着的是老板的儿子。

我，不动。

不敢动。

从没被一双有力的臂膀这样抱过。原来是这种感觉，仿佛一个爸爸般的男人，呵护地抱着你，纵身一跳，从天上缓缓降落……

是降落伞，很安全。

酥酥麻麻的，暖暖的。不是站立高楼边缘的那种腿软，是一股微风般的凉意，通过身体，却好暖……

我看到好多风景，有瀑布，有枫树，有翩翩涌来的蝶群，全是风景明信片里才看得到的景色，阿成的酒气一起一伏，带着我俩随着风向一左、一右……忽高、忽低……我们正往地面缓缓降落，从喉咙，到胸膛、肚脐。

原来被一双属于爸爸一般的臂膀呵护地抱住，是这种感觉……

我们缓缓降落，伴着酒的气味，忽高、高低……

忽高、高低……

直到那规律的呼吸转为鼾声，我流下了泪。

9 酒的故事

　　在那里，曾经有一双手，硬生生剥光一个小孩的衣服，毒打后以铁丝捆绑，朝着马路丢出门外，朝着疾驰的车流里面扔！尖锐的紧急刹车声，救了那小孩一命。

爸爸给了我脸。

爸爸给了我鼻子、牙齿，给了我几件转眼不合身的衣服，也给了我一副粗框眼镜。破了，再给另一副。

爸爸给了我一张不像他的脸。

＊　＊　＊

"阿丰！"

我抬起头，揉揉惺忪的眼，吕时珠老师的脸，一片模糊。

"你发呆啊？"

"我……"

"黑板上这个字怎么念？"

紧眯起眼。

"阿丰！"

"老师，我……"

吕老师走到我身边，视线被我腿上的伤所吸引。

"阿丰，你……又惹爸爸妈妈生气了啊？"

全班大笑，我将腿缩得紧紧。

"没有啊。"

吕老师若有所思，叹口气："黑板上的字到底看不看得到？"

我眯起眼："看……应该看得到吧。"

"真的吗？"

"我……"

吕老师的脸越来越模糊……

＊ ＊ ＊

我配好眼镜走进家门的那一刻，气味和声音告诉我，爸爸坐在饭桌旁配酒吃着卤味。不知怎么，我站在走廊的这头，停步，竖耳听爸爸的咀嚼声。爸爸看到我戴新眼镜，会不会说什么？心底油然升起一股忐忑不安的得意……

等爸爸看我……

四目交接的那一刻，他只是扑哧一声，淡淡的那种冷笑，两秒。随即目光又转回到他的酒杯里。

我背脊一凉，一溜烟躲进房里，像只受惊吓的松鼠。脸埋入枕头，我想着眼镜店那台验光机里，遥不可及的光。透彻，暖亮。

＊ ＊ ＊

"你们吕老师，白天打电话过来了。"妈妈边缝衣服边说。

我紧张地坐直，不敢正眼看她。

妈妈也没看我，只是低头继续缝学号牌。

"你最近又逃课？"

我直盯电视机，刘文正在里面唱着："小雨打在我的身上，雨水洗去忧伤……"

妈妈一吼："说啊！"

"就是去看漫画嘛！"答得理直气壮似的。

出乎意料，妈妈没生气，只是闷着不出声。

我浑身不舒服，好想离开客厅。《小雨打在我身上》唱完了，我发现妈妈紧捂脸，啜泣着。

"妈妈……"我鼻子一酸。

"你们老师问我说，为什么你们阿丰腿上都是伤……"妈妈眼泪扑簌簌而下。

"又不是你打的，你不要哭啦！"

"我什么话都不敢讲。讲了，我脸也没地方摆——我怎么当妈妈的？让自己儿子去不了学校。"

妈妈缝学号牌的手没停，激动之间，也扎伤食指，一滴血珠冒出来。但那一扎，让她好过了一点。

过去短短一个月之内，我的眼镜已经换了第三副。一副是被爸爸一巴掌打飞，另一副坏掉也是因为被他用力踹脸，眼角多出一条浅疤。最后，他对着妈妈的脸扔过去200块钱："拿去配新眼镜！"我气坏了，明明眼镜戴我脸上，为什么要把钱往妈妈的脸上扔？！

我气，却不能怎样。

妈妈的哭声，一发不可收拾，但她手上有针，我不知该怎么抱住她，只好蹲到她旁边，握着她手腕，继续听她说："阿丰，妈妈这样忍气吞声，都是为了你好，如果你没有爸爸，是会被笑的，你不要怪妈妈……"

我用力摇头，眼泪夺眶而出："妈妈，我不会怪你啦！你不要这样讲！你再这样讲，我……我就不跟你好了！"

"阿丰……"她将针一丢，捂住脸痛哭起来。

我想，妈妈一定希望我可以跟学号牌一样，乖乖被缝好，紧紧贴在制服上。但我不能。我没能安慰她别哭，也不知该怎么安慰她别哭。

我想不出能让自己不哭的理由。

但还是没答应她以后不逃课。

* * *

浑身是伤，我不想坐在教室里。

* * *

工厂与住家之间的连通口，被爸爸的蛮横、暴怒给挖凿得一天比一天大。每当蹒跚的脚步声传来，我总是不由得竖起寒毛，唯恐自己的小房间堡垒又被攻占了。

爸爸的醉步在夜晚一再吵醒我们。"放热水！给我去放热水！"我战战兢兢靠近房门边，不忍多想爸爸抓扯妈妈头发将她从床上拽起来的画面。捂耳，再放开，我连不听的勇气都没有。

"你是疯婆子啊？头发不会梳一梳？半夜装女鬼吓我？"

噼里啪啦，是妈妈的尖叫声。

我脸上迅速布满了泪，为自己的无能为力。

爸爸将妈妈修理了一顿，又一顿。我却做不了什么，一如爸爸打我，妈妈能做的也有限。

没多久，复而平静。妈妈善于找个角落将哭声速速埋藏，"给邻居听到不好，生意还要做。"她说过，或许这番话的意思是，她哭跟我哭不一样。

哪个小孩不哭的意思。

也好，爸爸不会打妈妈像打我那样蛮狠。

他还要靠她赚钱。

＊　＊　＊

当员工们围坐吃火锅，整个客厅的气氛又可爱起来。梅芬阿姨说她儿子快考高中了，书念得不好，笑着要新来的阿逸去教教他。

阿逸念东吴大学，课余来打工，大家对他赞佩有加，也玩笑着调侃阿成，要多学学人家。

阿成端碗坐在电视旁的矮柜吸吮排骨，一脸故作无辜，好像自己很乖，不喝酒，不玩牌，每天都按时回家。

真想给他一巴掌。

淑娟姐还是秀气，笑都不露牙齿，看得出她最近比较适应我们这班人的相处模式了。但在大家面前，她仍是端庄素净，拘谨得像要跟谁一决高下。

弟弟在他们脚边钻来钻去。员工们新养的那只兔子"嘟嘟"也在——据说平时几个大男人轮流带回家养，一上班，兔子就会出现。我非常喜欢"嘟嘟"，也因为这样，我更爱看到他们了。

如果客厅是一片荧幕，那么此刻这合家欢画面里的演员们，一定难以想象，同一空间里，曾经上演过什么戏码。若他们目睹换新烟灰缸的原因，怕要惊吓着从椅子上跳起。

往往这时，我心情又会平静许多，他们有些知道、有些不知道自己日复一日的劳累，为公司赚了多少钱。相较于每个月那薄薄的薪水袋，偷闲聚在一块聊天，总能冲淡心中种种不平。

我微笑，为这珍贵的团聚，什么苦都值得隐忍。

"阿丰，你的手怎么了？伤成这样。"阿逸没头没脑地对我臂上的伤发问。

我看碗，不看妈妈的脸。

一截玉米浮在汤上，缄默。

好一会儿，梅芬阿姨淡淡地说了句："谁家不打小孩。"凝滞的气氛解了围。

为了保住自己的工作，没人敢指责老板的不是。也或许，对他们来说，就真只是打小孩而已。

* * *

学校要去酒厂做课外教学，我照例逃学了。因为，关于酒，我不想知道更多了。

既然是课外教学，就不算逃学。

坐我旁边的廖祥杰显然对酒的制造深感兴奋，缠着我滔滔不绝："跟你说，那是一台很大的机器，还会发出很怪的声音，好像里面有怪物，你没去好可惜！"

我笑笑。

后来放学，廖祥杰说要还漫画，并肩走着经过了我家。原本我们打打闹闹，但逼近我家门前的马路旁一棵行道树的位置时，我本能地绕开那棵树。

"你为什么要绕到那边？"

"没有哇……"

"你明明就是不想从树这边走！是不是怕被树妖抓走啊？哈哈……"

我要如何描述曾经发生在那棵树旁边的事？那是我生命中最不堪、最可怕的一件事，永永远远烙印在我心底最深处。在那里，曾经有一双手，硬生生剥光一个小孩的衣服，毒打后以铁丝捆绑，朝着马路丢出门外，朝着疾驰的车流里面扔！尖锐的紧急刹车声，救了那小孩一命。

那一天，南京东路，晴空万里。

比起台北酒厂，我有更多酒的故事，但不想告诉廖祥杰。

* * *

那次痛打又扔马路的事件，害我差点被车撞死。而爸爸无理取闹的醉，也宛如再也医治不好的病。

翻开相簿，我才敢正眼看这个名叫爸爸的人。他眉毛粗黑，如利剑般顺着眉头挑起。双眼，则眯到让人看不出心底在想什么。一袭中山装，也是他常见的打扮，衣服下掩藏的性格，却与"国父"完全相反。看他越久，越是坐立难安。偏过头。合上相簿，我想象着爸爸去当兵的地方，想象他受过的那些严苛训练：碎石上滚来爬去，嘴巴紧贴泥泞，仿佛可将整座澎湖岛一饮而尽……这都是妈妈趁晚上爸爸还没回家，偷偷跟我说的。说的时候她眼里充满了莫名的恐惧，仿佛爸爸来自某童话故事的阴森树林。

当蛙人之前，他就抱过我。去了澎湖，日日夜夜咬牙挨过炼狱般的艰苦日子，他满脑子贴满儿子的画面……假设我是在他当兵期间才出生，那他当蛙人受苦时，脑里就不会浮现我的脸。或许，后来就不会这样对待我了。

我这么想。

* * *

和廖祥杰一起走路回家之后不久，有一天在工厂里，我看到阿成帮忙修理水管，将工具箱忘在客厅。

"修好了。"我还记得他走之前这样说。

不晓得为什么，就是牢记这三个字，修好了。

入夜，我还在赶语文课的生字作业，因为刚刚迷着看漫画，作业没写完。

<u>篮篮篮篮篮篮篮篮篮篮篮篮篮篮篮篮篮篮篮篮</u>……

转转转转转转转转转转转转转转转转转……

滩滩滩滩滩滩滩滩……

在台灯的监督下，我快速转动着笔尖。

声音很快就来了。

爸爸跟某个女人的争吵。

"……用过不用付钱是不是？"

"付钱？你当你高级货，很好用啊？"

滩滩滩滩滩……

笔尖加快速度。

那个女的显然愤怒异常，先骂出一堆脏话后又继续叫喊："工厂开在这边挡路？不要以为我不知道你干了什么勾当，小心叫警察来抓你！"

"给我滚！"

滩……

我写不下去了。

"啊……你打我……你竟然敢打我……"

快快合上生字簿,我把矮桌上的东西一把扫入书包。

外面的争吵声细细传入门缝。霎时间,我脑海中晃过学校周会曾经教导我们:火警时,赶快用湿毛巾塞住门缝……

"喂,你们吵什么啊?"传来妈妈的声音。

那女的开始嘲讽妈妈:"你怎么教的啊?你老头外面玩女人不用付钱啊?工厂开那么大,快倒了是不是?"

接着是爸爸夹杂粗口的怒吼:"什么叫我不付钱?项链谁买的?头发哪来钱烫的?烫个垃圾头,厉害了是不是?啊!信不信我一拳给你升天?"

"拉什么拉啦!不要拉啦!"

我咬指甲。

"要钱是不是?拿去!拿去!不要再来了……"妈妈显然想把那女的赶紧打发走。

但爸爸不愿意。"不要给她!给我拿回来!"

我紧张起身,来回踱步。

"你不要给我走,给我站住!"

"走是便宜你,如果不是倒霉,才不会遇到你这个吹牛自己多有钱的败类!你当我闲啊?穿高跟鞋不累啊?"

"有本事你别走!"

"好了啦!不要乱了啦!"妈妈还在苦劝。

爸爸将怒气转到妈妈身上:"你好大胆子,把我赚的钱拿给别人!"

"啊……"

打闹声进入屋内，我心跳怦怦，再无法忍受脑内的画面。我用力擦去眼泪，开门往他们跑去。

"阿丰，进去！门锁起来！快！"妈妈嘶喊着，"快！"

"你不要打妈妈！"不知哪来的勇气，我用力抓住爸爸的手。

爸爸充满血丝的眼，阴暗中就像关公："找死啊？"

他朝我一踹，我倒退三步，跌坐在地。

"妈妈！快进去！"

"你不要打阿丰！你不要打阿丰！"

妈妈从后面抱住爸爸，我想起身，爸爸再往我脑袋一踹，我眼前一黑——

……星星散去时，我发现自己的双眼正在直视地板。

妈妈呢？

"让我进去！让我进去！"我听见屋外妈妈在拍打着门，哭喊着。

在 Lucky 嚎叫的同时，我感觉到一双蛮力无穷的手，把我抱起……早已不记得，上次被这样婴儿般抱起，是什么时候了。

可是眼前的感觉一点也不像婴儿。好痛……

这个男人拿出了粗铁丝，将我双腕捆住。然后，他化身成一辆巨型挖掘机，再度将我挖起，挂在空中。我一时之间完全搞不清楚自己到底身在何处，过了好一会儿才发现，这是工厂与住家之间的那个连通口。

我面对厂房的方向，虚弱地抬起头，看到铁丝牢牢扣住上方那根水泥钉。

水泥钉插在我两腕之间……

咻!

"哎!"

有条皮带,从爸爸腰际,飞到我背上。

Lucky 持续嚎叫……

整个屋子跳起舞来。

咻!

"啊!"

"阿源!你不要打阿丰!你要打就打我,你快开门,我让你打,要打就打我!"

咻、咻……

咻!咻!咻!咻!

鞭声累了。

Lucky 也累了。

妈妈的声音沿着墙壁滑落:"把我打死好了!"

我强烈感觉到背上的鞭伤,皮肤仿佛被炙热的高温给一条条撕开。

我紧紧咬住自己的手臂,想把眼泪吞回去,可脸还是湿了一大片。

"阿丰,你有没有怎样?"妈妈从工厂窗户探着头叫我。

"妈妈……我好怕……"

"阿丰,你爸爸呢?他去哪里了?"

"他在厨房里开煤气。"

"你撑一下,妈妈马上就进去了……"说完,她扯嗓大喊爸爸的名字,"阿源!"

我的手痛得不得了。妈妈越喊，我就越怕爸爸又突然冲过来。

然后，我听到弟弟的声音。

"妈妈……"弟弟怯怯啜泣着。

妈妈想叫弟弟开门："阿振，快！把门打开！快！"

悬在空中的我，从来没有高过弟弟这么多。

我看见弟弟犹豫地探头看厨房里爸爸的身影。如果弟弟的动作快一点……

"快！阿振，快开门！"

来不及了，爸爸已怒气冲冲地走回来："进去！"他一声令下，弟弟迅速躲入房内。

眼镜早不在脸上的我，本以为爸爸手上拿的是一根筷子，或调羹。

力大无穷的爸爸，一把将我的衣服扯破。

一阵冷风吹上背脊……

"爸爸，你要做什么？不要！——不要！"

"阿源！"妈妈也在喊。

嘶……

灼烫的螺丝起子，离开我时，带走一层皮。

冒着烟……

"啊啊啊啊啊……"

我早已不确定，耳边凄厉的惨叫声，是妈妈还是我发出的。

那一刻，我恨这屋内所有的一切。我恨我自己，我不想待在我的身体里……

"住手！阿源，你还是不是人哪！阿源！"

我只能凭着妈妈的哭叫声，去猜爸爸对我做了什么。

打死我吧！爸爸，让我快快脱离这个世界……

咻！

又是一鞭。

"啊啊啊啊！"

我凄厉的惨叫声，响彻邻里。

一定有人听到，一定有。

但他们去哪里了？

咻……

滋滋，我讨厌你！为什么你要逃跑？不来陪我，不来帮我！

咻！

阿成，我讨厌你！你为什么要把工具箱忘在客厅，给爸爸机会把里面的螺丝起子拿去烧，烧完之后来烫我……我讨厌你……

妈妈，我——

"妈妈……"妈妈呢？我慌张地东张西望，妈妈去哪里了？

咔啦咔啦，屋后那扇小窗被打开，咡唥！有个声音突然跌落，妈妈使尽全身力气嘶喊道："阿丰！妈妈来了……"

我眼眶涌出解脱的泪水："妈妈！"

妈妈急奔而来——

"阿源，你不要打阿丰，我做牛做马，你叫我做什么我都做……"她上前要将我解开，可是爸爸一把抓住她的头发，将她重重地摔在地上。"啊！"妈妈却又奋力爬起，变成神力女超人，冲着爸爸打，"你没良心，死没良心，你要女人就去外面，出去！你给我死出去！"

看着他们扭打在一块，我吊在半空中，无能为力。

我无能为力……

"找死啊！疯婆子！"

这个名叫阿源的男人，一拳让她倒在地上。

"啊！妈妈！"我大喊出来，"你这个死老头，你不要打妈妈！你放我下来……你放我下来啊……啊……"

我奋力扭动下半身，想要踢他。

老头不需要理我。他拖着昏沉沉的妈妈，往大房间疾步走去，"轰"一声将门关上。

"阿丰！"那扇门仿佛有了生命，扑扑挣扎了几下。他再度打开门，几脚就将房内的女人解决，直到女人不再出声。

咻！

又是狠狠的一鞭，这让我知道，老头已走回我身后的位子。

"你刚刚叫我什么？啊？你骨头硬是不是？"

"死老头！你去死啦！"我对着看不到老头的那个方向猛吐口水。

咻！咻！

"啊……我要妈妈……我要舅舅……啊……"

看不到，但我清楚地感觉到，时钟秒针加快脚步走着，它们也想趁机逃跑。

煤气炉的火还燃着，照亮厨房一小角。

我房内的台灯，吓到偏过了头，与书包面面相觑。

屋内另一端，传来小男孩间歇的啜泣，还有老头规律的喘息。

"啵"一声，酒的气味袭来。闻到酒气，我心里竟然有了得救的感觉……安全了，那堆液体能让爸爸倒下，彻底倒下，甚至快快带他去另一个世界。

我竖起耳朵，追踪接下来的动静。

……听觉清晰起来。我发现，那个小男孩的哭声，不是阿振的。

滋滋走到我面前，在不远处，怯怯地看着我。

我比他还高，高很多，高到仿佛不只是哥哥。

"滋滋……"

我用力想忍住泪。不能哭，哭了，就不像哥哥了。

滋滋，原谅我刚刚说我讨厌你。我没有讨厌你。虽然，我承认我真的想过，如果当初你有来到这个世界，就可以取代弟弟阿振，成为老头口中那个旺他运势的儿子。这样，说不定，阿振就可以帮我分担个几鞭……

可是，阿振那张好吃麦芽糖、天真无邪的脸，又让我于心不忍了。

还是我来就好了。

老头，你打我就好了。

仰高脑袋，让眼泪流入耳朵，再看着那根支撑我重量的水泥钉。平时，它闷闷躲着，低调得犹如屋内的一颗痣……但此刻它真正派上用场了，没想到承重力如此惊人。

我相信，一到早上，水泥钉还是会可怜我，放我下来。

没多久，鼾声传来，老头服服帖帖，拥着藤椅入眠。

尽管身上满布崩裂的痛，但至少，食指上撕裂的指甲，是自己咬的，与他无关。

与老头无关。

想到身上有一小撮痛，不是老头造成的。我燃起一股动力，抠弄着它，将那隐微的痛楚慢慢抠大。

我要把这身上与老头唯一的无关，越抠越大，扩及我的脸，我的腿，我全身。

10 骨与肉

记住老师的话，好好念书，你爸爸打你的时候，一定要跑，念书就是向前跑，记住老师的话，一定要向前跑。

妈妈羞愧地低下头来。

空荡荡的教室，空气又僵又闷，渗入我背上的伤口，刺刺的。

"你这样真的不行。"

吕时珠老师直直地看着妈妈，一点也不打算将眼里斥责的火力转小。

"老师，对不起啦，老师……"

"你对不起的不是我。"吕老师叹口气说，"阿丰如果不是你们亲生的，我拜托你们，就把他送给别人好了。"

妈妈猛然抬起头："阿丰真的是我的亲生骨肉啊！孩子的肉，也是我的肉，阿丰痛，我比他更痛。吕老师，你不要这样讲，我好难过……"

"看他整件衣服都是血，我这个做老师的真的看不下去。"吕老师望向我，我将头低下，往教室外走。

"老师，我知道，可是我家阿源力气很大，我真的挡不了他——"

我靠在门口，偷听她们对话。

"挡不了？"

吕老师注视着妈妈，良久，久到自己过往的故事都快要呼之欲出。

"田太太，或许你可以考虑离开。"

"离开？"

"嗯，带着孩子离开。"

"我……我不能离婚啦，离婚的话，孩子会被笑。"

被笑？

呵。

被笑……

阳光很强烈，但我丝毫感觉不到温度。把泪晒干也好。

回家的路上，不想看妈妈哭过的脸。我很想加快脚步，却怎么也不忍将她丢在后面。

吕老师坚持要我跟上功课，要我放学后留下来，她帮我课后补习。某种程度上，也是为减少我挨老头揍的机会吧。不管怎样，妈妈都一百多度地鞠躬谢过人家了，我还能怎样，看来往后放学后只能乖乖留下来。

路上一个伯伯踩着电影广告宣传三轮车经过眼前。趁这机会，我一鼓作气，拔腿奔去。追着、追着……妈妈那句"阿丰真的是我的亲生骨肉啊！孩子的肉，也是我的肉……"不断在我脑内盘旋。

吕老师是为我好，她说的都没错。

都没错……

加快速度，我终于追上阿伯，抓到一张小海报，是林青霞的《秋歌》，塞入口袋，仿佛体内多了点什么。

鼓着口袋，走到家附近，忍不住又拿出口袋里皱扁的海报，举高，和远处戏院的广告牌加以比对，端详广告牌上以及小海报上两种不同的林青霞。举起小海报，太阳穿透林青霞的脸，这才是林青霞那张青涩脸庞在大家心底发了光的模样。

口袋还有些钱，我不等绿灯，直直冲过马路，买了张票，走入影厅。

黑暗中，音响回荡，林青霞对着秦汉流泪。秦汉伸出手拭过她脸颊。在我眼中，林青霞和秦汉，就是最完美的一对。如果他们拍完电影之后，两人还想在一起，那么，我很想买票加看这场电影。

＊ ＊ ＊

教室里，只有我和吕老师两个人。

我唰唰地写着她给的习题，黑板上字好大，也是一人份的。

为了快点回家，我只得绞尽脑汁，专注地将一个一个的数学公式解开……偏偏我又不知道，归心似箭到底是为了什么。

"阿丰。"吕老师唤住我。

我抬头，看到夕阳映在她脸上。

"你爸爸还会打你吗？"

我停了一下，知道骗不了她，只好点点头。

她站起，往我走过来。

我本能地往后倾。任何人想走入我心底，都是困难的。

吕老师看着我，说："不管你爸爸怎么打你，你一定要念书，证明自己给他看。"

"我不想证明给老头看。"我摇摇头，眼泪掉了下来，"小时候，我拿一张一百分的考卷给他，他看都不看就丢了，说做生意才有用，一堆大学毕业的都帮他拿公文包。"

"拿公文包？你看我在帮他拿公文包吗？"吕老师蹲低身子，看着我，"这个世界不是只有你家工厂那么大而已。沿工厂外面的街道走出去，路还长着呢！不管你以后想做什么，多充实自己、多念书，才能赢在别人前面。你也不可能永远跟他一起住吧？你不想吧？"

"不要，我不要！"我哽咽着。

她停下，等我哭完。

昏黄阳光，照着我们。

"看到你这样，老师也很难过。但老师能帮你的也不多。记住老师的话，好好念书，你爸爸打你的时候，一定要跑，念书就是向前跑，记住老师的话，一定要向前跑。"

向前跑。

* * *

"好不好吃啊？"阿成问我。

"嗯！"

我点点头，吐出骨头。

每当工厂里的叔叔哥哥请我吃好吃的，我心底便稍感温暖，不再那么委屈了。

嗯，这次真的好好吃。

"还要不要？"万金叔问。

"很饱了耶！"

"没关系啦！多吃点才长得高嘛……"

万金叔和阿成交换了一个眼神，两人在窃笑。我不知道那是什么意思，只想快点吃完，好去看《原子小金刚》。

"嗯！好吃。"搁下碗，我准备走。

"阿丰。"

"嗯？"

"你知道你刚刚吃的是谁吗？"

"谁？什么谁？"

"你吃了'嘟嘟'。"阿成笑了，露出红色的牙缝。

"嘟嘟？"是他们养的那只兔子。

"嘟嘟啊！"他用手比出兔耳朵。

那瞬间，我仿佛看到两只兔耳掉落地面，但很快就知道，掉落地面的是我的膝盖。我一手抓着桌沿，狂吐起来。吐完用力咳。看到桌上不寻常的骨头，我又是一阵反胃，再吐，吐到喉咙灼烫，好痛苦。

"你还好吧？"阿成拍抚我的背。

我毫不犹豫，用力甩开他的手。"你怎么可以这样？！"

"阿丰……哈哈哈……"

"你怎么可以……"我捶打他，眼泪迸出眼眶。

夺门而出，我牵着 Lucky 往麦帅桥下奔去。看着旧家，我泪流不止。旧家，我对不起你……嘟嘟，我对不起你……

我用力甩开手臂，想把阿成抱过我的记忆用力甩掉。

就是甩不掉——

万一甩掉了阿成抱过我的记忆，那么我还剩下什么？

老头打我。妈妈救不了我。现在连叔叔、哥哥都要欺负我。

"Lucky……"

我抱住 Lucky，放声大哭。

*　*　*

接下来几天我发着高烧，咳痰，而且发誓这辈子再也不跟阿成讲话，也正好发不出声音来。妈妈替我请了几天假，我则泡进电影院，把林青霞和秦汉主演的《无情荒地有情天》两遍五遍十遍看个够。

从第二排，换到第三排，换到第四排。

我喜欢这种随时可以调换位子的黑暗，像捉迷藏。电影里的林青霞与秦汉笑着，仿佛是正在找寻我的爸爸妈妈……

"阿丰……阿丰……"

我躲起来，不给电影里的人找到。我像一个顽皮的儿子，躲在椅背后，笑着偷看他们相亲相爱，听他们的台词。

你觉得，我会那么容易上当吗……

哈哈，那要看看，我怎么哄骗你啰！

这样的爸爸妈妈，是远东百货公司服饰橱窗内才看得到的。

"剧终"两个大字出现在荧幕上，灯亮，我赫然发现自己置身最后一排。

我，早已经像是随着电影的进度一样，身形开始长大、长高，在学校里的座位换着换着，被老师叫到最后一排坐下。

*　*　*

该回家了。打定主意冷战到底的我，为了避开阿成，攀爬后门窗户跳入屋内。

哐啷——

经过储物间，听到里面微微传出窸窣响声。我以为是老鼠，再走几步，突然，脑海里出现一个念头：阿成是骗我的！他没害我吃嘟嘟，他和万金叔偷偷把嘟嘟养在储物间，他们想要找一天公布真相给我一个惊喜！一定是这样的！

我一喜，一把用力将门打开。

淑娟姐跨坐在老头腿上。她裙子撩得很高，像没摆好的橱窗模特儿……

老头瞪我："去！"

我反应不来"去"是什么意思，只是僵在原地。

"看什么看？回你房间去！"

砰！他一脚将门踹回。

回过神，竟有点讶异，他没一拳让我倒地。至于那个更令我讶异的场景，我则暂时腾不出一点脑袋空间去想。工厂里的机具辛勤地发出称职的噪声。我抓来一张铁凳，惊魂甫定地坐下来。万金叔走过来，问："怎么了？阿丰。""没什么。"我摇摇头。他摸了摸我的额头，才走开去忙。我捧住脸，脑内一阵混乱。

万金叔和阿成联手骗我吃兔肉。我不肯原谅阿成，却没给万金叔同样的对待。只因那一夜，阿成给了我未曾体验过的拥抱。

由于我知道一个人可以多温柔，所以，他的残忍不可饶恕。

擦擦鼻涕，我往万金叔走去。

"万金叔。"

"嗯？"

"阿成在哪里？"

"找他喔？他跟你妈妈去送货了，顺便收款，晚点回来。"

我点点头，急切地想跟阿成说几句话。一想到后门那边储物间内发生的事，我浑身发热，爬满蚂蚁似的不舒服……

回房，坐也不是躺也不是，逆流的鼻涕，一寸寸将我捶入地底。如果不做些什么，我会不会就慢慢死去……跑出房间，在工厂里绕了一圈，我拖回四张铁凳，一块盖机具用的蓝布，在房里搭起一座小帐篷。躺进去，像夜晚提早降临，我感到好多了。

真的好多了。

＊　＊　＊

"阿丰！"门响。

我睁开眼。

"阿丰，你找我？"阿成又唤了一声。

我怔怔地看着密闭的蓝布，筛入细碎的光。

"阿丰？睡着了？"

一动也不动，骗过一个人，竟是如此容易。

接下来，是一阵心照不宣的静默。

我讨厌这样。

直到我确定他远离房门，心底又偷偷落寞起来。我刚刚在这里睡了一觉，也不知道什么原因，这一觉醒来，又不想那么快跟他和好了。毕竟，他对我悲惨的遭遇，到底是一无所知还是视而不见呢？又或者，他本来就来不及成为一个能保护我的大哥哥，是这样吗？我翻了个身，身处于这块蓝布笼罩下的空间，让我无比安全。如果林青霞和秦汉能够拥有这么一块密闭的蓝布……就算他们不结婚，也不算什么了。

＊　＊　＊

"感冒好了吗？"妈妈问。算算我请假也请好几天了。

我用力摇头。

妈妈伸手要摸我额头，我快步躲开。

呵，或许妈妈那么希望我回学校，是担心吕老师误以为我被老头打死了吧。

她垂下头，打开抽屉，抓出几张钞票塞给我。

我没拒绝。

我不喜欢这样。我不喜欢妈妈因为心里的内疚，而放任我装病。也讨厌她明明是老板娘，却任由一个年纪轻轻的淑娟姐撩起裙子爬到她头上撒尿。

没有人当得起林青霞。

"妈妈。"

"怎么了？"

"我看到滋滋了。"

"滋滋？谁呀？"

"就是弟弟啦！"

"弟弟？你在说什么啊？"妈妈皱起眉头。

"你流产流掉的弟弟，他名叫滋滋，我有时会看到他。"

一股情绪，从妈妈皱起的眉心，缓缓飘散出来。

那一瞬间，我又后悔跟她讲了这件事。

"阿丰，你在讲什么鬼话！"

"我说真的，我真的看到滋滋啦！"

妈妈陡然站起："你是要气死我还是嫌这个家不够乱？"

"真的啦！你怎么都不相信我咧？"

啪！

脸上一阵烫。

我看到妈妈迸出两行泪来："孩子没了就是没了！你是要怎样？你爸爸打你，妈妈没能挡好，你以为妈妈想这样吗？一定要这样刺激我就对了？"

"妈妈……"我脸颊也湿了，"我只想让你知道，滋滋回来了。"

"阿丰，你……你……"妈妈抽咽着，"你为什么要这样折磨妈妈？妈妈亏欠你很多没错，可是，弟弟没生下来，你也不能怪妈妈啊！妈妈的苦，你知道吗？"

"可是滋滋他——"

"不要再说了！"妈妈捂住双耳，跪坐下来，"你给我出去！出去！"

梅芬阿姨闻声而来："阿莲，你是怎么啦？"

我泪流满面，节节后退。

摸到门，用力推开，拔腿狂奔。

＊　＊　＊

我无处可去，只想找一个黑暗的地方，躲起来。

影院里，继续看《无情荒地有情天》，觉得秦汉好傻，为什么要惦记一个人那么久……

剧里的秦汉病得没完没了，我也一样，病情没有好转。加上浑身被妈妈的眼泪掏空，脸颊上残留的热，越来越烫，越来越烫。我怀疑自己撑不到散场。

这时，荧幕左方，出现了一行手写的字体，是我的名字：阿丰。

我当然知道那是谁的字迹。

电影继续演着，林青霞投入秦汉怀里，一脸挫折、委屈。

我等着看，想看看自己的名字，值得在荧幕上停留多久。想着想着，我又突然生气了。妈妈找我，难道是她现在想知道滋滋的事了吗？可是她刚刚打了我，我不想告诉她了！鼻涕依旧没完没了地流着，我毫无意愿去听从电影荧幕上那两个字的召唤。如果我只够格在荧幕边停留三秒到五秒，那不如就继续躲在椅背后面，不被秦汉、林青霞找到。

只要不被找到，就能相信，他们一直在找我。

* * *

"你刚刚跑去哪里了？"

我还来不及进家门，就在工厂外的人行道被妈妈拦下。她一张疲惫的脸，不知已没日没夜辛苦了多久。

"看电影啊！"我老实回答，没必要说谎。

"看电影？我刚刚放你的名字！你怎么不出来？"

我撇开脸，像是在示威，却发现淑娟姐从工厂窗内探头往这边看，我更加恼怒。

"没看到啦！烦死了。"讲完我要走。

"你给我站住！"

"站什么住啦？！"

"你那什么态度啊？"

"什么态度？你看不顺眼，那就打我啊！打我啊！"

我挑战性地瞪着妈妈看，等着她打我另一巴掌。

妈妈压抑着怒气，眼眶泛泪。

"你知不知道 Lucky 不见了？！"

"Lucky？"

我一怔，拔腿就往工厂里跑。将工厂的门用力一推，看到阿成，我抓住他的衣服狂喊："把 Lucky 还回来！把 Lucky 还回来！"

"阿丰——"

"一定是你把 Lucky 煮来吃了。你把 Lucky 吐出来！你把我的 Lucky 吐出来！"

"阿丰，我没有哇！"

混乱中，阿成将我摔在地上。

"嘟嘟……嘟嘟……"我趴在地上大哭起来。

所有员工围过来。

虽然我感觉得到，阿成只是轻轻推我，不是故意要把我弄倒在地上，但我要用力哭，让阿成付出代价。我要让他知道，他不可以随便吃掉嘟嘟。

"Lucky！"

妈妈随后赶过来，看到这情景，立刻对阿成兴师问罪："阿成？你是不是吃错药了？你为什么推阿丰啊？"

"我……我又不知道 Lucky 在哪里！"

"他知道！他一定知道！他把嘟嘟吃掉了……我讨厌你！我讨厌你！"我夺门而出，本能地挑了旧家的方向跑去，沿途哭着，越跑越远，直到停下脚步，我已身在松山火车站。也不管火车怎么坐，我往售票窗口走去。

“到哪里？”

“我要到……松山①。”

“松山？松山火车站？”

我犹豫了一下，点点头。

“这里就是松山火车站啊！”

擦去鼻涕，我仰头看了看：“那我去台北好了。”

* * *

隔天，阿成没有来上班。“他去找 Lucky 了。”梅芬阿姨淡淡回答。

走入房间，掀开蓝布，挤进我的蓝色帐篷底下。我知道大家怪我，我也想生点气，却不知该怪谁。我平躺下来，手掌朝上，想象那张上演过无数秦汉、林青霞电影的荧幕包覆着我。接着我侧躺，蜷起身子，以手环抱自己。有种出奇的感受，从脚下爬上来……

---

① 松山：位于台北市中心。区内住商混合，台北小巨蛋及松山机场也位于此区。

11　沿途风景

如果以后我坐火车坐得越久，那，我就能找回更多失去的东西了。

接下来几天，情绪极度不稳的我，又让吕老师失望了。

用力一蹬，我翻墙逃学，但这次不是往漫画店跑。

火车颠簸而规律地前进，像童话故事里无助的老奶奶手里提着的那个竹篮子，摇摇晃晃，要躲开大野狼攻击似的。我喜欢就这样坐着，咔嗒咔嗒，电线杆像生日蜡烛，一根根传递着岁月。看着它们，我仿佛提早知道未来。

也不怕找不到回家的路，"只要到对面月台，就可以坐回去了。"站务员跟我说。

我谨记这句话，只要到对面，就可以回去了。

从这句话开始，每当我想回麦帅桥下的旧家，都会过马路到南京东路对面，然后走回去，再过一次马路。就到了。

期待能找回一些什么。

* * *

有天放学，我看到妈妈、老头和淑娟姐坐在工厂办公桌前对账。回想起那回淑娟姐和老头关在储藏室的事，我背脊一阵凉。

"阿源，万金叔这笔账不太对。"妈妈说。

"哪里不对啦？"

"第一条和第二条，加一加，没有抵销啊！"

老头东看西看，他弄不懂。

"淑娟啊，你来算！"

老头往淑娟姐屁股一拍，再将妈妈推开："你走开！给淑娟坐。"

我看到妈妈咬牙服从，隐忍着一切。

淑娟姐不安地看看妈妈，看看老头，看看计算器。

"淑娟，别怕，你算。"老头将手搭在淑娟姐肩上，再滑到她的腰。

"我去开灯。"妈妈丢下话，要走。

"你给我站着！"老头一声令下，"乖乖看淑娟算！"

老头对淑娟姐堆出笑，抚摸她的手："噢，淑娟，你的手好细。"

我不忍看下去，推开门，往漫画店跑。

＊ ＊ ＊

当天晚餐，妈妈眼睛是红的。

吃完饭，我挨到妈妈身边，想帮她洗碗。

"不用了。"她简单拒绝我。

我知道她脑海里全都是老头跟淑娟姐的画面。

我呼出一口气，找别的话将那些画面驱逐："妈妈，你觉得 Lucky
去哪了？"

"啐，我怎么知道？"

"我好想它喔，不知道它现在好不好。"

"唉，这只狗，如果不想跟我们，它自己会去找一个更适合的主人。
如果它想回来，自然就会回来。"

"你真的这样想吗？"

"嗯，刮风下雨都会回来。"

"那——什么时候才会有台风啊？"

妈妈瞪我，朝我肩膀一撞："你呀！乖乖念书，不要让我操心就不会有台风。"

淑娟姐和老头的事，仿佛及时转移了我对 Lucky 的惦念。

＊ ＊ ＊

"阿丰。"

这天逃学，溜过客厅时，阿成叫住我。

我把头紧紧压低。不行，不能跟他讲话！

"你不去上课在干吗？"他声音很凶。

"凶什么啊？"

"你们老师打电话过来了。"阿成怒冲冲走来。我低头，看他手上一副米老鼠戴的那种白手套，沾得脏兮兮的。

"你这样一直到处乱跑，发生什么事怎么办？"

"在外面能发生什么事？在家里被打趴下都没人管我！"我也大声起来。

"那你回来干吗？"

"哼。"

他叹口气，换了语气："你这样的话，不怕妈妈担心吗？"

"那是我妈妈，又不是你妈妈。"

"不要以为你逃学你妈妈都不知道。"

听到这句话，我讲不出话了。

"你妈妈多少次在跟梅芬阿姨说你，说着就掉泪，说你多可怜、每天被打，打到书也念不下去。我看哪，是你自找的吧？有人拿刀架着你脖子逼你逃学吗？"

我忍着泪，很生气，偏偏阿成说的都是事实。

此时，门外传来车声。

"你爸爸回来了，快去躲起来！"阿成催赶着我，将我关进黑黢黢的仓库。黑暗中，我抹着泪，脑里是妈妈的脸。

* * *

当天晚上，作业写到一半，我忽然转头，看到滋滋从我房门口走过。

"滋滋。"我叫他。

他没停，闪掠而过。

我愣了一下，趴着继续写作业。

写到一半，身后一股力量又拉了我一下。

我转头，看到滋滋。

"滋滋！"这次我叫得比较大声了。

但其实也不必叫那么大声，他就站在门边，不动。

看着我。

他的眼神，让我一点都不敢将笔搁下。

我从他眼中看到满满的不理解。

"滋滋，我不是故意要逃学的。"

台灯的黄光，闪烁在他眼里。

"我也很想用功念书，可是，每次念不了多久，就要担心被打，我也不知该怎么办——"

滋滋开始转身。

"滋滋，你不要走。"我恳求着，"现在 Lucky 也不见了，你不理我，就没有人陪我了……我答应你，我会好好念书，你以后也常来陪我好不好？"

门边空无一物，黑黑一片。

"滋滋……"

* * *

隔天，一阵熟悉的感觉，又回到了我们屋外。我三步并两步冲出门外，看到 Lucky 好好地站在厂门外！

浑身伤，但好好的，真的好好的。

我紧紧抱住它。

* * *

"妈妈，小偷为什么要偷 Lucky 啊？"我帮妈妈提着菜篮，问道。

"Lucky 长得漂亮啊！"妈妈匆匆丢给我一个回答，随即走向菜摊讨价还价，"唉，这一斤多少啊？算便宜一点……"

菜篮越来越重，我们买了很多大鱼大肉，为过年做准备。

"你不要给我跑！有胆就不要跑……"一位大婶拿着藤条追着小孩打，我目送他们离去，心想，如果我可以只受藤条打，不知道会比现在快乐多少。

后来，我想过，就是我一个人在铁道上的那些漫漫长路，把 Lucky 换回来的。

我低头，看着手上被咬了一口的车票。

也就是说，如果以后我坐火车坐得越久，那，我就能找回更多失去的东西了。

可是，我又答应了滋滋，以后不能逃学。

怎么办呢？

打开聚宝盒，将车票放进去。

* * *

这一年的年底，台湾当局与美"断交"。从新闻片段和厂内此起彼落的脏话，看得出与美"断交"应该是很大的事。我躲得远远的，一点不敢多问，仿佛一问就会受波及似的。

妈妈打扫家里，不经意翻出户口簿，我才发现自己的生日跟过年是差不多时间。或许因为这样，年夜饭吃着吃着，就忘了帮我过生日了。

大年初二，妈妈带着我和弟弟回外婆家。一进外婆家，舅舅就问："你爸爸呢？"

"不知道去谁家里了。"我把头压得低低的，脑袋里晃过一张张女人的脸。

我们坐在以前最常玩"拍橡皮筋"的空地上，每次都拍得手掌又红又痛，现在回想起来，舅舅当时并没有那么想玩，只是为了我，他假装玩得很高兴。

"你们昨天回南投^①的爷爷家了吗？"舅舅又问。

"嗯，回去了！"

答得挺了不起似的，其实我一点都不爱坐老头的黑色小客车，一

---

① 南投：位于台湾岛中部，是台湾省唯一不靠海岸的内陆县。因交通不便，远离港口，农业为其主要经济命脉。

趟趟来回南投，好远哪！而且每次眼神不小心在后视镜和老头对撞，他那种轻蔑、善变的脸色，好像随时会转身对我挥拳。如果真的挥过来，那也一点都不奇怪。

去年过年的时候，我追着弟弟，要逼他交出他藏着的东西。两人跑了一阵子，他逃着躲着，最后被我追上。"给我拿来！"我扯开他的外套，看到一包东西，上面写着"吉祥如意"四个字。

"这是爸爸给我的红包啦！"

我愣在原地，心跳加速。怦怦、怦怦、怦怦、怦怦、怦怦……

"阿丰！"

"啊？"

"发呆啊？"舅舅大手摸乱我的头发。

"没有哇！"我甩甩头。

"这给你。"

我低头，张开手，看到一张邮票，上面是一朵黄黄的花。"哇！邮票耶！"我兴奋无比，"舅舅，我们班同学也在集邮喔！我还跟他们交换过好几张喔，我说真的！"

"你知道这是什么花吗？"

"……"

"向日葵。"

"向日……？"

"有没有看到它的脖子？这种花，会随着太阳的位置而转动喔！"

"是喔！"

舅舅刚当完兵回来，顶着大光头，可是他看起来还是跟以前一样温和、好脾气，不像我家老头，当初当完兵回来性情大变，变成一只大牛蛙。

"阿丰，以后舅舅和外婆就要搬家了。"

"搬家？搬去哪里？"

"士林啊。"

"货运行也要一起搬去吗？"

舅舅微笑着摇头："舅舅不想经营货运行了。以后搬去士林，可能会开自助餐店吧！"

"哇！那会卖炸鸡腿吗？我好想吃炸鸡腿！"

"哈哈，你来帮舅舅炸！"舅舅摸摸我的头。

"嗯！"我看看邮票，更兴奋了，"我要把它收进聚宝盒！"

舅舅笑了。不怎么必要，但他就是笑了。我从舅舅眼里看到他对妈妈的感激，小时候妈妈照顾他的情形，他一定有着深刻的印象。想到这，我舒坦多了。

我站起来，大步走向外婆家的客厅，看到外婆正在跟妈妈讲话。我也没在意，大大咧咧坐下，拿起一颗沙士糖，撕开。

"我看阿源生意做得不错，应该存了不少吧？"

"呵，哪来存款？赚多少花多少……"妈妈自嘲地说。

"怎么可能？！"外婆很讶异，倾身向前，这个动作让我以为她要打妈妈，害我差点从椅子上跳下来。

"阿源把钱都拿去养女人，还不时去阿水那边赌博，人家约他就去，现在剩多少，我也不知道。"

"噢，男人都是这样，从以前到现在都是这样。"外婆看看我，"我看喔，你家阿丰以后也差不多啦！"

外婆话一出，我舌头不动，紧紧将糖果包紧。

她看着我，越看越气："你们阿丰喔，以后没用啦！我看喔，以后他要来我这边学开车，我都不一定要收。"

沙士糖在嘴里，渗出刺到舌头一样的味道，不知该吞下去，还是吐出来。

"阿母，你不要在孩子面前这样说啦！阿丰平时已经过得很惨了。"

外婆思忖了一下妈妈的话，再看看我膝盖上的伤。"被罚跪喔？"她问我。我点点头。"应该的啦！"外婆哼了一声，"阿莲啊，我就跟你说，阿丰这孩子随便养一养就好了。"

走出客厅后，嘴里腥腥的、咸咸的，我舔舔手指，看到是血。那颗沙士糖里有个气泡，气泡的边缘割破了我的上颚。在屋外的空地，看到舅舅在跟弟弟玩堆石头，我鼻子一酸，心里有点吃醋，弟弟平时那么受宠，现在连舅舅都要抢走！

……抓出口袋里的邮票，我看着邮票上的向日葵。花瓣的样子，好像跟刚刚又不一样了。没关系，我知道，弟弟永远得不到我跟舅舅之间一模一样的回忆。

这么想，心情又好多了。

* * *

"手伸出来！"

我乖乖伸出手，怯怯地服从妈妈的命令。

啾、啾、啾！

妈妈用藤条用力朝我手心连抽三下，痛得我将双手藏到身后搓着。

"为什么偷钱？！"

我低着头，不想回答。

"说啊！"

"张——张家豪他以前也偷。"

"张家豪？"

"同学啦，他说他都会偷他爸爸的钱。"

"阿丰，你真的要把我气死！"妈妈气得跺脚，"好的不学，现在连这都拿来讲！你要钱妈妈没给你吗？为什么要一直逃课去看漫画！"

"我没有！"

"你还狡辩！"

"真的没有嘛……我又不是去看漫画……"

妈妈吁着怒气，将藤条摔在地上。

"咔"一声，不多不少。

"你外婆这样看不起你，你是什么感觉？嗯？"

我看着自己的鞋尖。

"你外婆这样侮辱你，你觉得妈妈好过吗？你要不要脸哪，你？！"

此刻，我宁可老头冲过来痛殴我一顿。但他就只是窝在厨房，津津有味地嚼着笋干，就着畅行无阻的痛骂声，一起吞下去。

* * *

晚上，一片漆黑。趁大家都睡了，我轻轻走过客厅。

"等一下！"老头的声音传来。我停步，等着受打。

老头声音里不带酒气，一个字一个字，清清楚楚："去帮我卖东西。"

我怀疑自己听错了，他应该是叫我帮他买东西吧？就是这样而已吗？

"要钱的话，就自己赚，不要偷。"他喝了一口酒，"你看我不是只有小学毕业而已吗，现在已经是大老板了！书喔，不必念了啦！"

* * *

烈日高照，我跪坐在西门町的"成都杨桃冰"对面，脚前的地面铺了张帆布，我的生意正式开张。帆布上放置着十来只葫芦形状的烟斗，一模一样，是工厂里除了消防器材外所生产的另一种产品。一只只摆齐，倒也有模有样。

星期天人来人往，但我的心却还没从刚刚那段火车旅程中离开。多希望有一个朋友陪我聊天、逃课、四处坐火车冒险，但身上不断添换的鞭痕，仿佛随时都会竖起，把我变成一只刺猬，让谁都靠近不了我，正如我也靠近不了谁。

"小弟弟，这怎么卖啊？"

我猛然抬头，一位胖叔弯身，逐一看过每只烟斗。看他聚精会神的样子，我还真信了每只都不一样。"叔叔，这是烟斗，抽烟用的。"我比了比手势。

"我知道——我比你知道。这形状好特别啊！"

"对啊，对啊！"我赶紧点头，"这是大力水手在抽的那种！"他没被骗，拿起一只端详着。有一瞬间我好担心他不会买，又怕讲错话，所以也没继续说话。我有一点安心的感觉，因为他真的够胖够矮，没办法很敏捷地离开我的摊子，否则一下子就走掉了。另一方面我又很想笑，他的外形看起来就像《老夫子》的主角派来卧底的。

"怎么卖啊？"

我直发抖："一百块钱。"

"啊？这么便宜。"他将钱递给我，"喏！这里。"

长达五分钟，我一直发着抖。

我总共卖掉五只烟斗，健步如飞，跳上火车回家。

好高兴！好高兴！明明从西门町坐公交车回家更方便，我却选择搭火车。明明在松山火车站可以下车，我却一路坐到基隆，再折返。

只要收集更长更远的路程，下一回，大概就可以卖得更好。

心底是有点矛盾的。好像卖光烟斗，就为了讨好老头，证明自己给老头看；偏偏每回被揍，我都更想证明他有一天不得好死。

如果这是和解的步骤，我也不一定跟他和解。

心底却不免奢望，在我长大到可以保护妈妈之前，老头可以对我们好一点点，起码发酒疯去砸墙就好，反正墙不会哭不会闹，只会倒下来把他压死。

回到家已是傍晚。星期天，妈妈他们都去哪里了？家里一个人也没有。说不寂寞，是骗人的。而且不知为什么，阿成已经不再主动找我讲话，我和他就慢慢疏远了。

我在安静的家里逗弄纸盒里的蚕宝宝，它们软绵绵、圆滚滚的，一口口啃着桑叶，犹如我手上的硬卡火车票，被剪过一次又一次，疲于往返。有点感伤，我们家四处迁徙的日子已成过去式，现在这个家被一根水泥钉牢牢钉入南京东路，正如我的爸爸被牢牢钉在酒瓶上，我被牢牢钉在他的拳头上……

恍惚之间，我又回到了漫画店。整间店正在起伏着、颠着、荡着，轮廓有点模糊的老板问我说，外面那个是什么树。我伸头看窗外，那棵树却已乘着帆船，慢慢远离。

又或者，漫画店化为一节车厢，漂浮海上……一转身，老板整个头都花白了，他问我说："阿丰，你明天还会再来店里吗？"我勉为其难地点点头，心里却想，后天就不会来了。

猛然惊醒——

是地震吗？

一股不可思议的力量，撞着门。

我陡然起身，很快就意识到，是老头在踹门。

我什么都做不了，只能看着门慢慢变形。

砰！

门往我身上盖——

我甚至不躲。

下意识想着，如果门先揍了我，那么老头说不定会手下留情。

这扇门，就这样离开了墙。

出现了老头失魂的死白双眼。

"去买酒。"他冷冷地说。

我一抖，赶忙抓起刚刚在西门町卖烟斗的钱，全数奉给他。

"去买酒！"他怒喝。

我弹跳起来，握着那些钱，三步并成两步往屋外冲，拖鞋差点掉落。我匆匆忙忙跑到杂货店，像是在跟一条炸弹引信赛跑，卖酒的阿伯以为我在急什么。我在给钱、找钱的这短暂时间内，仿佛有机会对阿伯投以求救的眼神。但我心里清楚得很，没有人帮得了我。

别人不知道原因，我也说不出口……

回家的路上我恐惧不已，老头那失魂的表情深深印在我脑际。我一边加快脚步，一边又希望妈妈和阿姨们早点回来。家里灯火通明，老头将所有灯都开了。我推开纱门，走到藤椅旁，左右手各拿着一瓶酒。

这时酒瓶自动滑脱出我的手，应声掉落在地。

哐当！

破了。瀑布涌入客厅。

因为我看见满地被踩碎的蚕尸。

蚕尸混杂在绿绿的汁液之间。而泼洒在地上的酒，还没淹到那绿绿一片汁液，就停住了。

我将视线移开那些可怜的小生命，冷冷地看着老头。这是我们搬来南京东路以来，我第一次斗胆直视他，带着无比的鄙夷。老头没料到我敢恶狠狠瞪着他看。他像只正待发作的恶犬，喉内的低嚎，像卡了一堆越滚越大的痰。他再度发令："去给我买酒！"

再也忍受不住，我用力一踢满地的碎玻璃："去死吧你！喝死你自己！"碎酒瓶溅得到处都是。

老头怒不可遏，一把掐住我的下巴，让我双脚离地。他是一台粗暴的机器，我是机器上的货物，他把我往屋外急速运送。"滚！去买酒！开车去买酒……"他那辆黑色小客车停在路边，他将我朝黑车使劲一丢，吭！砰！我手撑着南京东路的红砖人行道地面，老头用力打开车门朝我后脑狠撞，再将我一股脑儿塞进车里。

"不是很厉害？那你开车啊！"

他把我的头压在方向盘上，脖子卡得死紧，我无法呼吸，猛咳。

"开呀！"

我右手在狭窄的边缝死命地摸，想摸到车门把，却怎么都摸不到。"妈妈……"我哭出来了。

"妈妈？还会讨救兵喔？啊？！"

老头掐起我脖子，往车窗上撞，"啊！"鼻子一阵剧痛。

往来车辆频繁，穿梭在经济起飞的南京东路。同一条路上，车内的我，被一个又一个拳头告知：我什么都不是——

我什么都不是……

混乱中，老头撞歪了后视镜，"找死！"他骂道，索性将我整个人抓起，往车子的后座塞去，再一脚伸过来，连踹好几下，一下子就让我贴在了脚踏垫上。

我痛苦得蜷起身子，一如那些蚕宝宝。

12 去处

但我身上的痛，让我扎扎实实感受到自己正活着。这是一股莫名的安全。我知道，不会有人轻易将我抛下。

醒时，周围是白的。

"哎哟……"我呻吟着。

"阿丰，你不要乱动……"妈妈两眼红通通的。

丽枝姐、梅芬阿姨都在。她们看我的眼神，就像看一只受创的小猫。"老板这次真的太过分了，小孩子不能这样子打的啦！打死怎么办……""阿莲啊！你看要不要把孩子寄放在亲戚家，再这样下去，早晚会出事啦。"

"我也不知道该怎么办哪……"

她们的泪水扑簌簌而下。我流着泪，回想在车内残存的记忆，是听到妈妈和梅芬阿姨慌乱地唤着我的名字。浑身扭绞成一团的我，仿佛被车座咬在嘴里，连一英寸也挣脱不了。当时我无力地哭着，以为自己已经死了。那些蚕已蜕变为蛾，要一块叼起我，把我带走。

"难道真的要我——"妈妈蒙住脸，痛哭起来，"我真的很怕阿丰没有爸爸，到外面会被笑。"

"阿莲，你先不要哭，这件事，我们可以找老板商量。"

"阿源他能改早就改了！他跟淑娟这样，我也没说什么，忍了那么久，还不是为这两个小孩。"

妈妈无助的眼神里，注满急速流失的渴盼。

既然急速流失，为何还要一再注满？这是穷尽一生都无法解答的问题。

我余光瞄到弟弟的存在，他瑟缩在角落，满脸不明就里，一如过往置身事外。这一切对他来说，就像一出看不懂的戏。其实，他不需要懂。

"好啦，阿丰也醒了，我们就先回工厂了。"梅芬阿姨她们带着弟弟先离开。我看着天花板，不看妈妈。

天花板像湖水一般，缓缓流动。

"阿丰。"

我摇摇头，委屈地啜泣起来。

"阿丰，你不要哭啦，你一哭，妈妈就不知道该怎么办了……"妈妈哽咽。

"你为什么都不救我……"大颗的眼泪一滴滴掉下来，我控诉着她，"你不救我，也不相信我看到滋滋。"

"阿丰，你不要怪妈妈，妈妈也没办法……"

"你为什么不相信我看到滋滋？！为什么？我明明看到了！"我哭哑了嗓子。

"是妈妈不对，妈妈救不了你……"

"你救不了我，也不让滋滋保护我！为什么？为什么！"我抓紧被子，脸颊肿得太厉害，连话说都不清楚了。我越想移动身体，越是痛得眼泪直流。眼泪快溢出来了……我怀疑这小诊所装不装得下这么多哀伤。

哭累了，我昏睡过去。醒来时，妈妈不见了，但我身上的痛，让我扎扎实实感受到自己正活着。这是一股莫名的安全。我知道，不会有人轻易将我抛下。也好。南京东路屋内的那些机具，正将悲苦全部加工、外销。相形之下，我更喜欢随时可以静下来的病房。这两年来，身上累积了一层又一层的伤，现在终于有这么一个空间，收容了我的辛酸。

出院回家前，妈妈带我去配了眼镜。验光师看看我脸上的瘀血，再看看妈妈，似乎带着责备。我始终不解，对我近视度数再熟悉不过的验光师，为何还要我贴向那台不怀好意的机器，任由冰凉的机身，亲吻我脸上的瘀血。

"来！阿丰，贴着。"我就范，将左眼贴到验光机上。机器内微黄的光注视着我。几秒钟，就看完了我一辈子遇过的各种大小事。

回到家，妈妈刻意开厂房的门给我进去，这样就不必走过客厅。

"来！进去，老头不会对你怎样。"

经过连通口，我忍不住望向客厅。日光灯下，伴着鼾声沉沉睡去的老头，手臂垂放在藤椅边缘。趋近一看，清晰可辨的掌纹，微微挤出狰狞的眼睛、鼻子、嘴巴。是的，那双手醒着，认得我。等老头醒来，它们就会给我好看。

我房间的门没了，好像在对我说："门都没有。"我不禁失笑。

筋骨隐隐痛着，像一群人在我身上开过狂欢派对。派对结束后，那些人都去哪里了？

我打开聚宝盒拿起一片桑叶，庆幸自己还藏了一片。本以为这个举动可以让蚕宝宝早点蜕变，没想到，却是预示了它们可怕的命运。

我不会原谅老头。

永远不会。

我会让你跟那些蚕宝宝一样的。

＊　＊　＊

离婚这件事天大地大，梅芬阿姨还特别找社区里的人来协调，外婆也难得亲自过来关切。事关重大，没那么简单，弄得我每天上学都魂不守舍，生怕老头的拳头又不安分。

妈妈和老头谈妥条件的隔天，我走向吕老师，对她说："老师，我要转学了。"她先是一愣，然后慢慢、小心地确认："你爸爸妈妈要分开了？"那语气，像是担心会伤到我。

我点点头。

不会伤到我的。吕老师，不会了。

她倾身上前，紧紧抱住我，从体温，我知道这个拥抱是真心的不舍。"阿丰，答应老师，你以后一定要好好念书……"

第一次看到老师哭，我太错愕了，以至没有马上点头答应她。

"你最近成绩进步了，你绝对不是你爸爸说的那种笨蛋。千万别放弃，你会出人头地的！"

出人头地……

不知道为什么，这四个字一说完，我发现自己哭到全身颤抖。

＊　＊　＊

回家后，帮妈妈收拾行李。

妈妈要带弟弟跟我们一起走："老头在呛声，阿振不跟他的话，我一毛钱都拿不到。谁要他的臭钱？我呸！"她一说完，眼泪便不争气地滚落下来。我一直叫她少为老头哭，但她不听。

"他现在也没什么钱了，在外面帮一堆女人买珠宝买房子，我们呢？他帮我们做过什么？"

听妈妈这么说，我替淑娟姐松了口气，老头越早喜新厌旧，淑娟姐就越早解脱。

"Lucky呢？"

"你要养？"妈妈问。

"当然要跟我们走啊！不然被煮了怎么办？"我一面肯定地回答，一面起身往屋外走。才一下子我又走回来："妈妈，Lucky又不见了。"

"唉，这年头那么多人爱偷狗。它不是后来都自己跑回来吗？"

"可是……"我看看行李，不禁担心，"来得及吗？"

妈妈不回答这个问题，她要烦恼的事够多了。少烦她一点，她就能多休息一点。

我一筹莫展，望着再也没必要修复的房门。

接下来几天，是我们待在这里的最后几天。季节也产生了明显转变，入秋，天气凉了。每天一放学，我就蹲在门外等Lucky回来。偶尔跟淑娟姐打照面，她根本不敢看我。倒是妈妈，像一切都没发生似的，跟淑娟姐交代东交代西，把工厂当作寄养的小孩一样，托付给淑娟姐。我真想看穿妈妈的脑袋，如果她怀有一丝念头希望淑娟姐嫁给老头以便管理工厂，那我就要大声抗议了。

不过，换个角度想，妈妈希望工厂好，也是为了曾经在这里和她并肩奋斗过的同事吧。连我自己都希望，大家都过得好好的。

我不怪淑娟姐。老头这样，不是她害的。不管谁跟老头在一起，都不会让他变好。我已经想通很多事，南京东路在我眼里的样子，跟当初来时，也已全然不同。我只希望，下一个住所，能让我一下子就看出未来我要离开它的时候，它会是什么样子。

这段时间里，阿成偶尔出来吸烟，我和他两个人默默地面对车流，无话可说。每根烟就像时间一样，烧一烧，就剩一堆又一堆的烟灰。风一吹，又不见了。

我偷瞄他，看见他脸上有些微红肿瘀青。我猜他大概是跟同学打架了，他比我大，正好是血气方刚的年纪。

点到某一根烟，他终于说话了："阿丰。"

我转过头去看他。

"我过不久，也要走了。"

"你要去哪里？"

"就……离开啊。"他耸肩一笑，"我总不会永远待在这儿吧。"

"你快念完了？"

"差不多是这样。"

阿成垂头，突然不说话了。

在这一刻，我突然了解到，以前阿成讲话刻意咿咿啊啊，我以为他是在耍白痴，原来他是为了要遮掩自己奇怪的鼻音腔调。

每个人，都有想遮掩的地方。

我静静地看着不远处，就是那个老头将我丢出来，害我险些被车碾过的地方。那个地方旁边两米，是老头差点赤手将我打死在车内的地方。

"你会回来吗？"我想想，又问。

"哈，回来干吗？又没有人。"

我没多问"没有人"是什么意思，但心底不免暗暗得意，没有人是指看不到我和妈妈、弟弟。老头不是人，呵！

我想，阿成来不及看到我长大学会吃槟榔了。我过去一直盼望，有朝一日要吐红红的舌头给他猜是什么。况且，如果我先走，那我就不知道他什么时候会走了。

如果我知道他什么时候走，这样的别离，心底会踏实点。

真希望他比我更早离开这里。

* * *

离开的前一晚，我翻来覆去，睡不着。

突然感到一股力量围绕周遭，我猛然睁开眼，看到滋滋在床边。"滋滋……"我小声唤他。他看着我，双眼里透着渴盼。"滋滋，你有什么要告诉我吗？"路灯的光洒进走廊，又从走廊投射了一点光，在滋滋脸上。他瘦削依旧，眼窝还是很黑，满脸都是委屈。

我突然又觉得，不说话更好。

我知道，他是舍不得我们离开。可是，我们非走不可了。"滋滋，我们要走了。"我鼻子一酸，眼泪掉了出来，"你以后会来找我们吗？"

他不说话，只是聆听着。

"Lucky 还没有回来，我好怕……滋滋，你可以告诉我，Lucky 会回来吗？滋滋。"我吸着鼻涕，泪水湿透了整张脸。

"滋滋……不要走，滋滋……"

这一夜，我泣不成声。

要来帮我们搬家的舅舅快到了。我焦虑地看着原本拴 Lucky 的铁钩，时间所剩无几，如果 Lucky 再不回来……老头说过："落入我手里，我就煮了吃了。"我相信他不是开玩笑的。为了让我难受，他什么事都做得出来。

"不要发呆了！快帮忙搬！"

妈妈没带走多少东西。衣柜、床垫、电视机，都是以前住杨梅眷村买的，还有一只用起来要折磨她半天的小熨斗，蒸气喷喷，可拿来防身。

防身的功能，以后用不到了。

舅舅的车到没多久，就听到一阵狗吠，循声望去，竟然是 Lucky 回来了！沿着人行道，它跳越那个我差点被车碾过的地方，往这边跑过来，我喜出望外，丢下衣柜丢下熨斗，用力将它抱住。它浑身是挣脱铁链的伤，我也没时间深究，赶忙带着它跳上车斗。

驶离时，老头就在路边抽烟，面无表情地看着我们离开。我别开眼不看他，但那令人心惊的画面还是不可避免地深深印在视网膜。

车子离南京东路的家，越来越远，我眼眶也越来越湿。

越来越湿，直到将视网膜上老头的脸给彻底冲掉。

* * *

货车抵达士林，我睁大眼睛，想看新家是什么样子。

直到看见外婆臭着一张脸站在门口，我才意识到，这是外婆的新家——舅舅开自助餐店的地方。Lucky 挣扎了一下，我松开抱着它的手。我怀疑是 Lucky 看到外婆那张巫婆脸，才紧张地将我的手挣开的。

一想到又要跟外婆住，我头皮发麻，不禁悄声问妈妈："妈妈，我们要住多久？"

妈妈瞪了我一眼。我耸耸肩，撇开头，才发现外婆也在瞪我。

我们将行李放好，弄起一片灰尘，妈妈去拧拖把，舅舅带弟弟去吃自助餐店卖剩的菜。我不放心地频频探头看着他们两人，生怕一不留意，舅舅和弟弟就变成了好朋友。

妈妈去拧拖把好久都没回来，我便往客厅的声源走去。没错，我一点也不意外，那里是一场进行中的训斥："你喔，给我出去找工作，别想在这边白吃白住。叫你多忍一下你不听，现在离婚才回来投靠娘家，你叫我脸往哪里摆？"

走回房间，我打开纸箱，将自己的东西一件件拿出来，台灯、棋盘、聚宝盒，我将聚宝盒打开，看到舅舅给我的那张向日葵邮票。

我相信，是这张邮票把我带过来的。

我将它舔湿，贴在床头柜。

这朵向日葵，会保佑我、保佑妈妈。外婆一接近，黄色花瓣将瞬间怒张，放射出逼人的光芒。

13　树林里的树林

我一直记得答应过吕老师的话：我会努力让自己成为一个有出息的人。我将钱放入聚宝盒，期待下回打开，会冒出一棵长满钱币的大树。

转学到了士林的百龄小学，每天上学的路程近多了，也少了坐火车的机会。我想，可以换回的愿望，也越来越少了。

"田定丰！你还没拿到制服啊？"有个刚认识的同班男生戳戳我外套上"西松"两个字。

如果我用力戳回去，百龄小学的日子就要不一样了。

"喏，给你。"我低头看，他递给我一颗沙士糖。幸好这时已经是秋天，我们穿长袖制服上学，身上的伤疤盖得好好的，不会冒出来阻碍我结交新朋友的微笑。

打开语文课本，快速翻过一张张花花绿绿的插图，有和乐融融的客厅，有依山傍水的美景。过去在西松小学，每教一课，这些图片就迅速和老头痛殴我的记忆重叠在一起。现在，这些图片重新活过来了，我在书页里夹入一片刚捡到的菩提叶，跟着大家一起朗读课文，重新喜欢上课本里的文字。

有一张折得紧实的纸条落到我桌上，上面写着"卢雅静"三个字。我一筹莫展地朝左前方看了看，不确定拥有这名字的女孩是谁。

"田定丰！"邱老师喊过来，"你手上拿的什么？"

我愣愣地看着邱老师走来，他拆开纸条一看，下了结论："你喜欢卢雅静啊？"全班哄堂大笑，这时，我才根据左前方那张回眸的脸，确认这名字的拥有者。

＊　＊　＊

妈妈换上柜台小姐的制服，去了远东百货。每天下班回家，她装扮入时的脸庞、头发、身子，总伴着缓慢累积的疲惫。外婆对我们的冷嘲热讽尽管一点都没少，但至少她怕 Lucky。我一直在想，有什么方法可以利用 Lucky 来减少外婆找我们麻烦的次数。我确知那个方法一定存在，我希望在搬离这里以前，可以把它想出来。

为了不要看到她，我无所不用其极地找理由出门，因为这样，也就把老头生产的烟斗一只只给卖完了。

这些钱，够我坐更多次火车，逃更多次学。但我没有。我一直记得答应过吕老师的话：我会努力让自己成为一个有出息的人。我将钱放入聚宝盒，期待下回打开，会冒出一棵长满钱币的大树。

我还是挂念以前的家，一有机会，不免偷偷绕路，远远看着麦帅桥，看着南京东路。有一次，我就看到老头站在工厂外抽烟，眉目纠结的样子，像经营欠佳。

我躲在对街骑楼暗处，心跳得好厉害。我想，就算离他远远的，我也毫无资格把他当个纯粹的陌生人。他曾经对我做的事，就代表了一切。这将是我穷尽一生也抹不去的一切。

另一回，我又看到淑娟姐黯然走出杂货店，气色很差。我心里猜，一定是老头不要她了。我不知该哭还是该笑，她为我们工厂耗掉多少支口红、多少块粉饼，只为抛给厂商一双能让他们签单的媚眼。

＊　＊　＊

卢雅静三不五时地往办公室跑，回教室时，会带着龙角散、太阳饼之类的爱心物品。

她爸爸是体育老师，"你再跟卢雅静玩，小心被她爸爸踹飞！"有人跟我说。我笑笑，心想，凭我被老头踹的经验，早就练成"被踹不飞"的诀窍了。

为了弥补以前刻意疏离同学的遗憾，我参加了邱老师的课后补习班。

邱老师家的透天厝^①在民生东路，出入要脱鞋，大家挤在客厅的一张茶几上，紧盯着木椅上那张小得可怜的黑板。粉笔嗒嗒嗒嗒，唾沫横飞的邱老师滴下了认真的汗，渐渐地，连别的班的同学都慕名而来补习了。

我和卢雅静总是很有默契地坐在一块。一开始，我们抵拒周遭若有似无的窃笑和十来个人加起来的脚臭，偶尔肩膀擦碰，也不知尴尬什么，反正弥漫的气味是散不开了。

升上六年级，卢雅静当班长，意思是她可以对着黑板任意写字。我得到绘画、作文比赛的佳绩，也被她当自家荣耀似的大书特书。但我俩再怎么被视为"一对"，打电话去她家，照样被他爸爸骂。

咔。

我败兴地挂上电话，先确保没被外婆发现，再走到舅舅房门边："舅舅，你在干吗？"

---

① 透天厝：台湾地区的一种住宅形式，可能单栋也可能联排，单层面积小，但一户占多层。

他脸埋在臂弯里，不舒服似的，没理我。

“舅舅……”

当天晚上，舅舅不见了。

“你舅舅在谈恋爱，少烦他。”妈妈边洗碗边说。

我噘噘嘴，抓起两个芒果，走到屋外，一个给弟弟。

“舅舅咧？”他问。

“你舅舅在谈恋爱，少烦他。”

* * *

邱老师很会教，月考成绩各班比一比，慕名来补习的同学越来越多，越来越挤，脚臭越来越浓，简直要建一座烟囱来疏通空气了。

六年级丁班的蔡丽娟挤到我左边坐着。每次我跟蔡丽娟借修正液，我右边的卢雅静就会两眼飞出小刀来一样。搞到最后，即使蔡丽娟不再坐我旁边（被谁恐吓的我不清楚），卢雅静还是会监督我有没有跟蔡丽娟眉来眼去。

有那么一天，在邱老师家里，同学间传着邮购单，蔡丽娟把那张邮购单传到我手上要我填。我翻了翻，不知要买什么，刚好看到一款发夹可以买给妈妈，顺口问了蔡丽娟一句：“你觉得什么颜色比较好？”

“你们在干吗？”卢雅静声音出现了。

她看看邮购单上的发夹，怒火喷向我和蔡丽娟。

“发夹？！你们……”

说着，她把我和蔡丽娟拉进邱老师的卧房。

房内凑巧是一股迷离的女人香。

"阿丰，你今天要给我讲清楚，你到底要谁？"卢雅静的表情很痛苦。

我看看她，看看蔡丽娟。蔡丽娟叉着手，也一副要我早点做决定的样子。

正当我陷入两难时，邱老师推门进来了。

"你们在干吗？"

"我们在谈判！"卢雅静大声说。邱老师待在原地盯着我们看，他好像有点怕怕的。我想对邱老师暗示求救，但眼神却被两个女生给硬生生拦截下来。空气冻结……

眼看我没及时做出决定，卢雅静大大受伤。"你要的话，我就让给你好了！"她对着蔡丽娟丢下这句话，然后夺门而出。

* * *

"舅舅，我会不会跟蔡丽娟结婚啊？"我惊魂甫定。

春风满面的舅舅，显然跟女朋友和好了，他认真地想了想，回答我说："再考虑一下，女人很可怕的。"

对呀！不是每个女人都跟妈妈一样。

也不是每个女人都跟外婆一样。

* * *

妈妈大概真的受不了外婆了。某天吃完饭，妈妈宣布："我们要搬去树林了。"

我先紧张地问："又要转学了吗？"确定不用后，才松口气问："哪里有树林啊？"后来才知道，树林虽不是树林，但我们要去的那个台北县的树林，确实有树林。

通过一片树林，见到一幢破旧的矮公寓，我双臂一张都可以把整幢建筑物抱起来。我们住在四楼，家当摆进来，表面上瞬间落下一层灰尘。

突来的残破，让我打了个哆嗦，弟弟也忽然大哭起来。

"阿振，你哭什么啊你！"

"我……我牙齿痛。"

那天稍晚，我一个人独坐屋内，一股发霉的水泥味扑鼻而来，有点感到庆幸，因为妈妈带弟弟去看牙医，免去了一家三口一筹莫展、大眼瞪小眼的局面。等着等着，我肚子饿了。没有表，又不知道时钟放在哪个纸箱，大门一开，只有蛙鸣虫鸣，最近的路灯在一百米外。如果妈妈和弟弟不回来，我就彻底与世隔绝了。

肚子越来越饿，像一个拳头，朝胃凿了洞。我对自己说，过去忍了那么多，再也没有什么忍不了。找事做好了。拆开一个有注记的箱子，正打算将自己的东西拿出来。

咚咚咚，有人敲门。

我解脱地呼出一口气，三步并两步将门打开。瞬间怔住了。

"你妈妈呢？"

"她……她去牙医那边。"看到老头，我话都讲不清楚了。

"你弟弟呢？"

"妈妈带去看牙医。"

老头双手插口袋，踱进来，顺便把门给顶开了。

"住得不错嘛……吃得也很好。"

吃得很好？哪里摆了吃的？我不懂。

老头在屋子内绕了一圈，似乎刻意放慢脚步，避开与我交谈的机会。我紧盯着他的拳头，再看看门，必要时，该夺门而出，动作还是得要快才行。

　　"现在念哪？"

　　"语文教到第十三课。"我急中生智，绝不能让他知道百龄小学。

　　他点点头，不再追问。反正我说出的一切，对他都是可有可无的。但他看我的眼神，又好像意味着，他一直都知道我偷偷跑回南京东路的家。

　　浑身不安。很想逃出去，又觉得该守住新家，不能被敌人攻占。心中开始数秒，每秒都仿如一个世纪那么长……

14　翻墙的步骤

　　这是第一次，感觉死亡离我那么近，宛如一切行进中的事物，是为了离开，也为完成一个伤感的仪式。

我实在不愿意去深思这个问题：都离婚了，为什么妈妈还那么听老头的话？

老头只说了一句话，就让妈妈辞去远东百货柜姐的工作，回南京东路老头的工厂帮忙。他讲得很好听："公司不能没有你。"话一出口，我想起淑娟姐那落寞的脸。

事实上，老头周遭始终围绕着那种表情的人，而且只会越来越多。

对于妈妈的决定，我使不上什么力去干涉她。她早先说过，远东百货的工作可能做不长："人家都要漂亮小姐，妈妈白头发都快出来了。"唉，如果我趁晚上睡觉，帮妈妈把白头发一根根拔掉，那妈妈会不会就不回南京东路呢？

＊　＊　＊

我喜欢坐火车，但每天清晨五点起床，赶火车从树林到士林的百龄小学，这又是另外一回事了——尤其每当我跟妈妈要车钱，妈妈只给刚刚好数额的铜板。我感觉得到，家里经济情况非常紧，所以妈妈卸去售货小姐的制服，重返南京东路。

"你老头给的薪水还不错，一个月一万五。"妈妈把一切辛苦配着白饭吞下。

看到她的鬓发有一丝雪白，我赶忙低头扒饭。

跟了我们六年的 Lucky，会变老吗？我抚摸它柔软的白毛，心想，如果它是一只黑狗，那我就可以知道，它何时冒出白发……

我们搬到树林，换了一条更牢固的铁链，不过 Lucky 还是会被偷走。这只得天独厚的狐狸狗，称得上是狗界贵族，换成是人，那就是王永庆[①]了。几次被偷走，或许它到过更好的地方，但每次它总是冒着危险挣脱铁链，嗅路找家，把更多幸运带给我们。

＊　＊　＊

我写信给以前的吕老师，告诉她说，我很好。原本要告诉他卢雅静的事，后来想想，还是用修正液涂掉好了。

信写完后，我小心翼翼折好，打开聚宝盒，放在另一封信上——那是两年前写给廖祥杰的，一直没寄。

自从上次我、卢雅静、蔡丽娟三人之间的"谈判"结束后，我和卢雅静慢慢就没说话了。直到有一天，音乐课上玩过了"大风吹"，老师找不到值日生，于是吩咐我："田定丰，留下来把桌椅摆好！"教室里空荡荡的，我意兴阑珊，将凌乱的桌子一张张摆好。这时从后门的方向传来窸窸窣窣的扫地声，我转头一看，原来值日生是卢雅静。

她看到我还在教室里，也很惊讶："你……你怎么来了？"

"我不是'来'，我没走。"

"值日生是我，不必你帮忙，哼。"她走向黑板。

"我没帮你啊！我是听音乐老师的话。"

---

① 王永庆：1917年—2008年，台湾著名的企业家，台塑集团创办人，被誉为台湾的"经营之神"。

她径自擦着黑板。

哐！我用力坐下。

"唉！你干吗把桌子弄乱啊？！"她气冲冲朝我跑过来。

霍地起身，我们怒视彼此。

共八只眼睛。

火车上，一根根持续倒退的电线杆，有几只眼睛呢？

"电线杆上的洞洞比较像肚脐！"卢雅静说。

窗外的大地是一条宽长的输送带，移动的楼啊树啊，落在我们看不见的后方。我和卢雅静两人的逃学，简直像是逃亡似的。

没办法，我们在音乐教室里怒视彼此之后，接着两人一起笑出来，可是我们又不想让班上同学知道我们已经和好了。怎么办？只好翻墙出游了，说是逃学也可以。

翻墙的步骤是这样的：她踩着我的膝盖，我托着她的手，有没有双手紧扣，我忘了。

那一刻，我又觉得我还是有可能会跟卢雅静结婚。

可惜我们的婚姻还没成真，我就因为带她逃学而被妈妈打个半死。卢雅静他爸爸情绪更失控，怒气冲冲跑到学校声称一定要叫我转学。

不用转学了吧，都快六年级了。"对不对？Lucky。"我抚摸着Lucky 的下颚，养它越久，越觉得摸到的是胡子。

Lucky，你要永远陪着我们，当我们的圣诞老公公。

* * *

"六年三班，田定丰，请到训导处！六年三班，田定丰，请到训导处……"

不会吧，逃学事件都过去两个礼拜了，卢雅静她爸爸气还没消吗？又要找我麻烦吗？

我反瞪着周遭几双幸灾乐祸的眼神，唰一下起身，吊儿郎当地往训导处踱去。到了训导处，却看训导主任的脸色不对。我也心跳加速。

"田定丰，快回家。"

"回家？"

"你爸爸刚刚打来电话，说你妈妈被卡车撞了。"

那瞬间，我的世界冻结，以至完全忘了自己是怎么疯狂跑向火车站、怎么买票、怎么奔向月台又及时停住，没有滚落铁轨……

火车规律的颠簸，固然使我呼吸趋缓。但越平静，我越惧怕，惧怕一切倒退的事物。下回，还看得到同样的景物吗？这是第一次，感觉死亡离我那么近，宛如一切行进中的事物，是为了离开，也为完成一个伤感的仪式。心急如焚地朝妈妈的方向靠近，却有股冲动纵身跳向窗外倒退的画面，回到一切还未发生的那个时刻……

我冲入工厂大门，看见老头好整以暇，坐在妈妈的位子上抽烟。

"妈妈呢？"我眼睛睁到不能再大。

"万金叔啊，带他去医院……"

老头那稀松平常的语气，逼我捏紧了拳头。但这一拳，哪里都去不了。

"对了，万金叔，那个撞人的司机也在那边，叫他等一下过来找我，看要怎么赔。"

南京东路车流依旧繁忙，若无其事地往来穿梭，有没有我住在这里都一样。我哭，哭着，不知是否该庆幸自己已远离这条冰冷、寡情的街道。它自顾自摆出经济起飞的姿态，毫不挂念市井小民为它付出了多少代价。

直到万金叔领我到病房，我都还不确定妈妈是否还活着。床上那个浑身包满纱布的女人，旁边站着肇事的卡车司机。我扑到床边放声大哭。妈妈的伤不是卡车造成的！她辛苦养家，没过一天好日子，还要受老头的气、挨外婆的骂、烦恼儿子逃学。我天天失去妈妈，天天失去一点，却浑然未觉，现在，她倒下来了。

她累得倒下来了……

"妈妈！"

她躺平。

一张白色的床。

一如那个让我负伤清醒的白色空间。

妈妈救了我，我却没能救她。

"妈妈，我以后会乖乖的，你不要离开我……妈妈……"

我撑起身体，恶狠狠地瞪向卡车司机："你为什么要撞她！你为什么要撞我妈妈！"我朝卡车司机扑打，"你为什么要跟老头一样坏！我妈妈已经够苦了，为什么你们还要这样对她！为什么……"我倒在地上，蜷起身子痛哭着。

想起那次差点被老头打死在车内的情形，我也是同样的姿势。

如果可以，我愿意为妈妈承受这一切。

哭累了，我面无表情，回工厂收拾妈妈的东西。我抬头探看了一下，阿成不在了。淑娟姐则在帮忙做铝片裁切，她一脸憔悴，不再是秘书了。老头找了年轻小妹妹当新秘书，嘴唇满满一片口红，红得发亮。

工厂不再是工厂，南京东路也不再是南京东路了。

妈妈住院期间，我跟学校请了长假，到医院照顾妈妈。弟弟则被舅舅接去士林暂住，每天吃自助餐。舅舅要我回去上学，他说他跟我轮流照顾就好。我大声回道："不要！她是我妈妈，又不是你妈妈！"

病房弥漫着一股怪味，老师教过那叫什么味，可是我一直记不起那几个字怎么写。

希望不要被妈妈发现。

"你这次月考第几名？"

"第三名。"

"不要骗我。"

"回去拿成绩单给你看嘛！"

找不到话念叨我，妈妈居然有点失落。

于是我随口胡诌："妈妈，我上次把同学的语文课本弄不见了。"

"弄不见？怎么会这样？"

"就不小心的啊！"

"你哟，就是这样，叫妈妈怎么放得下心。"

"那你要快快好起来，好回家管教我啊！"

听到我的话，妈妈垂下头，满腹心事地看着自己的腿："我看我这条腿，快烂了。"

"妈妈，你不要乱讲啦！"我怒火升起，"要烂，也是老头的命根子先烂！"

妈妈捂住脸："我那天早上，眼皮就一直跳，明明就只是领个钱，叫卉芳去就可以了，老头发神经，硬要逼我去……麦帅公路一辆卡车就这样冲撞过来……"

"妈妈，不要讲了啦！"

"你知道他多可恶？他还打阿成。"

"打阿成？"

"万金叔跟我讲的，就是阿成以前曾经请淑娟转告你，叫你好好念书，淑娟那张嘴爱讲话，跑去跟你老头告状。你老头一拳就给阿成打倒在地，说：'要念书？工作不要了吗？！'难怪我那时候看阿成的脸好像受伤了，问他，他也不讲。"

我托住额头，脑袋胀痛。回想起爸爸妈妈离婚，我们要搬离工厂之前，我看到阿成脸上有些微红肿瘀血。

"这个死老头，一定会得到报应的！"妈妈继续说。

"好啦，妈妈，不要讲了，快休息。"不讲休息还好，一讲休息，护士小姐就来了。

"换药。"护士小姐脸上没有任何表情。

妈妈脸上瞬间爬满惊恐："还要换喔？不是才刚换？"我想跑去躲起来，却哪儿也去不了。护士小姐用镊子将妈妈腿内的纱布夹出，一整条，黏稠发黄的脓。"咝……"妈妈痛得满脸扭曲。我紧捂住嘴，大颗的眼泪掉了下来。护士小姐再用双氧水朝伤口喷了喷，妈妈更痛了，"啊……可不可以轻一点……"

"朱小姐，忍一下就好了。"

看着双氧水像七喜汽水一样冒着泡泡，侵蚀着妈妈腿里红红的肉，那种情况之恐怖，让我再不舍，也不确定愿不愿意替妈妈承受这般痛楚。

护士小姐拿起很大支的棉花棒，沾了沾碘酒，伸入伤口，戳戳弄弄。"啊……"妈妈那表情，就像要生下一个像我一样不乖的小孩似的。我眼泪扑簌簌掉下来。妈妈为我受了那么多苦，我要怎么还……

两个礼拜后，护士小姐拆开缠绕在妈妈头上的大绷带，换了块豆腐干大小的纱布。泪水早流干的我，斜眼瞪着护士小姐一板一眼的手部动作。"可以出院了。"她说，依旧面无表情。

* * *

"王老板，给我妈妈一碗阳春面，不要加盐、油、味精和酱油。"

你看我，我看你。

我想了想："加一点酱油好了。"

妈妈委屈地拨去筷子上似有似无的污渍。

"医生这么说的啊？"

我停顿了一下，说："对。"

她点点头："也对，我头还会晕晕的，走路也一跛一跛。"她吃了一口，忍不住又是一句，"也算不幸中的大幸了。"

我叹口气，很想痛骂老头给她听。然而看着她那知足的神情，又恐怕骂了的话，连她口中的"大幸"都要被剥夺了。

"味道好淡。"

她抓起胡椒罐，迟疑了一会儿，打消了加胡椒的念头，照样吃得津津有味。

"阿丰，你看妈妈以后去开面摊好不好？"

"跟王老板打擂台吗？"

王老板眉头一竖。

"妈妈住院的钱一付，积蓄也花得差不多了，有一部分还是你舅舅贴的。妈妈不赶快工作，养不起你们。刚好你表姨的女儿才问过我要不要一起开面店。"

我耸耸肩："你当心点，老头那边的亲戚没一个好东西。"

"表姨是妈妈这边的啦。"

"噢。"

* * *

六年级下学期，妈妈的面店开张，忙得焦头烂额不说，有些客人还会把她气得七窍生烟。妈妈每天回家后往藤椅一躺，腿抬高搁在藤椅扶手上，舒缓酸痛不已的"铁腿"。我曾路过面店，看她忙进忙出的样子，地上是脚印忙出的圈圈，有记忆以来，妈妈一直是这样转着、转着。

从我们家里餐桌上的菜色慢慢变得寒酸简陋，我猜得出，面店生意不好。

什么都帮不了的我，只好每天回家用功温习功课，把成绩考好一点，妈妈就会露出微笑。妈妈的笑已经够少，在树林这个不再动不动血肉横飞的地方，我能做的，就是努力把成绩考好。尽管吕老师看不到，但是，只要能多给妈妈一些微笑的理由，我说什么都要努力做好。

一阵子之后，妈妈回家不再是累得把腿抬高，而是独坐客厅，将深锁的眉头埋进手里了。

生意越来越差了。

"哥哥，我要吃沙士糖啦！"

"闭嘴啦！"

我拿出大富翁陪他玩。玩到一半，他耍脾气将纸一抽，玩具钞散了一地。

啪！

我反手给他一巴掌，他哇哇大哭。

隔天，我决定牵着他去找舅舅。

到了自助餐店外头，我们先遇到外婆。她只是瞪了我们一眼，随即转身进屋，没说话。舅舅正坐在台阶上，又开腿清洗着锅具。"舅舅。"阿振叫他。

"哦，阿丰、阿振，吃了没？里面……"他往内看了一下，"剩菜都冰起来了，舅舅等一下加热给你们吃。"

"舅舅，弟弟说要吃糖果。"

舅舅笑笑："要吃什么糖果？麦芽糖？还是沙士糖？"他继续洗，我把想讲的话憋在心底，也越来越不知道该怎么继续说下去。算了，不知道该怎么说。我牵着阿振，转身就走。

"阿丰，怎么要走了呢？"

我停步，眼泪掉了下来。

阿振说话了："舅舅，哥哥说要带我来找你借钱。"

我往弟弟脸颊上又是一掌。

"哎！不要打弟弟。"

舅舅将水关了，往屋内走。从他打开柜台抽屉的表情，我知道，他的小本生意赚得也不多。舅舅朝内探看，再将钱塞给我，不想给外婆看到。我们兄弟俩走到门边，"等一下！"他又叫住我们，"这两只鸡腿带回去吃。"

赚得不多的舅舅，还是温暖地接济了我们。他的手越暖，我的头就压得越低。我想起妈妈讲过，她小时候背着舅舅，赤脚跑去杂货店买酱油，踩到碎石，痛出泪来。尽管舅舅不记得那些碎石，也不记得他姐姐的泪水曾沾湿他的脸，但这一刻，他心怀的，仍是满满的感激。

* * *

妈妈的"大幸"过后，就再也碰不到跟运气有关的事了。

吃不饱不说，常常连上学的车钱都没有，更甭提喂 Lucky 了。有一天，弟弟在它的铁碗里放了一堆草，Lucky 看看草，看看我，然后落寞地趴下来，直视着离它最近的水龙头。喉内卡着一种低沉的嚎叫，我知道，那是饿的声音。

水龙头一开，哗啦哗啦跑出很多水，但没有一次跑出食物。

这是我第一次从 Lucky 的眼里，看到衰老的样子。狗的一年，是我们人的七年，掐指一算，我惊觉 Lucky 真的老了。

晚上吃饭，稀饭、酱瓜，两个中午剩的贡丸，我和弟弟一人一个，"将就点吃吧。"妈妈说。我的贡丸只咬一口，剩下的想给 Lucky，没想到一个转身，贡丸被弟弟塞进嘴里。我想破口大骂，又于心不忍。只好用力将他头发摸乱，像舅舅以前对我那样。

隔天，Lucky 无预兆地失去踪影，我愣在原地好久。这次它比以前任何一次失踪都久。这次我确信，它不是被偷走。

它是弃贫穷而去了。

我蹲下来，抚摸狗链，眼泪扑簌簌流着。如果妈妈问起的话，我要怎么回答她呢？我要怎么强装不在乎，才能减低她的愧疚？我讨厌这个自己，明明身高快跟妈妈一样了，却一点都分担不了妈妈的重担。连一条狗都养不起。

* * *

就在这天，我缩在公交车站的角落，饿得紧紧按住肚子。上了车，乘客很少，一个过去常碰见，背着蓬莱小学书包的男孩子，好奇地看着我。

本想撇开脸，却被他好奇的眼神给点穴。

"你身体不舒服吗？"

我摇摇头。

"你是百龄小学的吗？"他看看我书包。

"我不住这里。"答非所问，我不知所措。

"你家住很远吗？"他继续追问，好像我脸上写了什么谜语。

"不算远耶。我住树林。"

"那我们离很近耶。"

"我知道啊，你都在西盛馆那一站下车。"

"可是我离学校比较近，哈。"

"那可不一定，我坐火车就赢了！"

聊着聊着，突然肚子不饿了。

他叫郑印清，后来我常常去他家——如果可以把那座宫廷称为是一个家的话。

平时在校，我对炫耀穿名牌阿迪达斯的同学都极度唾弃，可是，我讨厌不了阿清这个有钱人的儿子。事实上，连他家里的整个气氛，都完美得可以去演中秋节宣导短片了。我是说，除了白雪公主，谁家会挂着壁饰和蜡烛？

"印清，你同学留不留下来吃饭？"

不留还好，一留不得了，闪闪发亮的汤匙，舀起汤还会冒出豌豆……

我心急回家太晚，郑爸爸还要帮我打电话告诉妈妈我会晚回家。

我这才知道，秦汉、林青霞般的爸爸妈妈是存在的。

印清家办的厂，生产各种螺丝，规模比南京东路老头的那地方大多了，大到我自卑得想低下头来。"给你！"往往在我自卑的时候，他会递来一个我没看过的东西。

我扬起头，眼睛一亮："这是什么啊？"

"你转转看就知道啰！"

没想到我越转越猜不出来。这是一个正方体，上面贴满花花绿绿的格子。

"要转到每个面九个格子都是同一种颜色……"

啊，说得简单，我怎么觉得晕头转向的呢。

"没关系，下次来我家继续加油啊！哈哈。"

心底有说不出的感动。身世家境悬殊，他却对我那么好，仿佛月历上每个尚未到来的日子，都是我可以去他家玩的额度。

他爱看书，带我去书城，《三国志》《小王子》《格林童话》……我恨不得拿妈妈的睫毛夹把我的眼皮撑开，眨都别眨。

我也越来越期待小学毕业，一直认为，小学一毕业，我们初中就可以同班了。

但好事总不会轻易降临到我身上。印清念了建成初中，我念了百龄小学附近的阳明中学。

"妈妈！为什么我不能跟印清一样去念建成初中？"

"念外婆家附近，比较有照应。"

"这样就不能跟印清同班了啦！"我嘟嘴。妈妈仿佛没听到，转身蹲下拧拖把。她要忙的事情够多了，况且，她和其他大人一样，压根儿没办法理解我跟印清的情谊。我的愿望，在他们眼里，是胡闹。

后来想想，也好，这样就不用被印清知道我们家到底有多穷。

但我们还是常在公交车上遇到。每一回，他仿佛都能一眼看出我吃得有多不好。因为这样，我总是习惯性低下头，不然就借故聊些学校里有趣的事。快到西盛馆站，阿清抓住我的手腕："这个给你。"我低头看，是一百块钱。

是彼得·潘昨晚飞到枕头边告诉他的吗？

他甚至贴心地不去看我眼眶里的泪水，只是匆匆微笑转身，蹦跳离去。可是，当眼泪滴下，掉落鞋尖，我相信他知道得一清二楚。

当天晚上我睡不着，思索他拿钱给我的那个表情。这一百块钱，对我家来说弥足珍贵，但他却像是当作大富翁游戏纸钞一样交给我，还给我一种信得过我的温暖微笑，仿佛这没什么，我就是他的家人。

我要坐多久的火车，抵达多远的他方，才旅行得出那种微笑？在别人眼中，我该如何努力，才能看起来像他一样？

对我来说，认识印清最大的幸运不是拿到这纾困的一百块钱，而是知道原来有这么一个人愿意给我这么一个暖暖、久久的微笑。

那微笑，在我心中住了好久，越住越暖，乃至后来面店的亲戚坑走妈妈应得的红利（因为亲戚说我和弟弟常去白吃），我都觉得不是坏事。

可是为了红利这件事，妈妈气到昏倒，我替她热敷额头。她睁开眼，抱住我痛哭起来："阿丰，妈妈对不起你们，妈妈没有用，没有给你们过好日子……"

"妈妈，你不要这样说啦！光是你把我们生下来，我们就要感谢你一辈子了。吃不饱就不饱啊！谁说一定要吃饱？吃得少，也很有味道啊！"

妈妈的眼泪浸湿了我臂弯，我想起舅舅。舅舅在襁褓时，也是这样靠在妈妈的肩颈，弯弯的、暖暖的，像摇篮。我抚摸妈妈的头发，希望她乖乖睡下。但她没有。她吸吸鼻子，起身，坐到梳妆台前梳头发："明天就去找工作。"

* * *

妈妈在饼干工厂当作业员。草莓口味，奶油口味，一块块叠高，我和弟弟放学后看到糖果饼干，简直就像是圣诞礼物般，不禁喜出望外。

吃着吃着，发出很大的噪声。好像吃得越大声，就代表家里的状况变得越好。

"阿丰，这给你。"妈妈塞了东西进我口袋，"省点花。"

我看着妈妈，突然好想哭。隔天，我拿着妈妈给的零用钱，去买了一大包狗食，摆在门口。我确信，就算没摆在门口，Lucky 也一定知道家中经济好转了。它就是知道。

只是，一个礼拜过去，两个礼拜过去，Lucky 再也没有回来。

15　乌云

　　工厂没了。火暴、好赌、好色的老头，亲手毁了一切。

　　薄薄一张信纸，却像脚下被用力抽走的地毯，害我跟妈妈差点跌倒。

进入初中，住在树林的日子过得飞快。初二即将结束的那个夏天，班上同学毛躁不安，都在等外星人 E.T. 的降临。

　　除了妈妈，她勤奋又努力，一下子就升到领班，带回家的饼干却越来越少。"小心蛀牙！"她对弟弟说。

　　我瞪弟弟："都是你害我的！"

　　也不知道为何要假装自己还很爱吃饼干——夜深人静，思念着南京东路那可怜的窄房间，想着想着，答案快要出来，但往往又临时缩了回去，像便秘。

　　可能那个答案还不想出来吧。

　　我从家里走到外面，努力往上一跳，赫然发现自己已经高到可以够着榕树的枝干了。可是，手上的物品没变，不外乎一个空桶、一包垃圾，多么扫兴的一个画面。我衷心希望，自己以后更高更大，可以看到不同的视野，哪怕只是发现树林的那一边赫然矗立着一座城堡般的建筑，什么都好，只要和现在不一样。

＊　＊　＊

　　这天晚上吃饭，三菜一汤，有我最喜欢的玉米炒蛋，突然外面有人敲门。弟弟蹦蹦跳跳去开门，我还继续缠着妈妈，不死心地想说服她买魔术方块游戏机给我。大人的声音从客厅传来，我忍不住起身往那方向走去。

是两个警察。

"朱小姐吗？"

"你们有什么事？"我抢在妈妈开口之前，大声问。

"朱小姐，请跟我们回警局一趟。"

妈妈整个傻了："警察先生，这么晚，有什么事吗？"

"有人告发你开私娼寮，跟我们回警局就对了。"

我搂住妈妈手臂往后退："我妈妈没做坏事，你们不要抓她！"

"阿丰，不要怕，跟他们去就行了。"

警车上，我和妈妈都有预感，是老头在搞鬼。果然，一到警局，一脸络腮胡子的老头大步朝我们冲过来，指着妈妈一口咬定："就是她就是她！她就是私娼寮的主使者！"

"私娼寮？"妈妈额头冒青筋，"你在胡说什么？"我看到旁边一堆女人，每个人都低着头，羞愧得动都不敢动。

很快地，我认出了淑娟姐，浓妆艳抹，也垂着头，混在女人们的行列中。老头继续在那里咆哮："警察大人，私娼寮就是这个女人开的啦！我都是听她的话，领她的薪水！"

"我？"妈妈差点昏过去，"我什么时候开私娼寮？阿源，为什么你要这样诬赖我！"

"警察大人，你看！她又在狡辩了，这女人心机很重的，你们一定要好好办她！"

"办我？你实在太过分了！"妈妈冲上前推打老头，我很怕老头挥

151

拳回敬，赶紧拉着妈妈，要她冷静点。妈妈瘫跪在地上痛哭起来："上次为了工厂被卡车撞，差点连命都没了，你不知检讨，还把我拖下水，你到底是不是人哪你！"妈妈的泪眼认出那群女人里面的淑娟姐，"淑娟！"妈妈抓住她的肩膀用力摇，"你帮我做证！是阿源诬赖我的，对不对？"

淑娟姐紧低着头，一声不吭。

"你说啊！淑娟……你好好的怎么会变这样……"

"好了啦，妈妈……"看妈妈哭，我忍不住上前将妈妈拉开。"妈妈！"

泪眼朦胧中，我看到淑娟姐一脸筋疲力尽。妈妈与淑娟姐，像镜里镜外，同样疲惫。

我心灰意冷地瞪着老头。这么一个高大、无法停止带给别人痛苦、名叫阿源的男人，从不跟他说任何话的我，日后就算谈起他，也对这个人无话可说。

那天妈妈当然没事。也毫不意外，回家后她咬牙切齿了好长一段时日："你看我穿这样像吗？那个死老头，坏事做那么多，迟早被雷公劈死！"

轰！

著名的西仕台风来到北台湾了，吹得屋顶嘎吱作响，我们在四楼，可是水已经朝着一楼猛攻。

妈妈冲出家门，到一楼帮忙舀水，好久没有回来。

弟弟紧紧躲在棉被里，被我用力掀开："躲什么躲！外星人 E.T. 来了啦！"

"啊！不要吓我啦——"

我笑了，笑归笑，但台风毕竟不是好玩的事。

竖起耳朵，我追踪着屋外动静，挂念着妈妈什么时候进门。

眼看着一楼的水越淹越高，我打开门喊："妈妈！进来啦！"

"不行啦！"她抓着畚箕，使劲舀起水一次次往外泼，还不忘抬头吩咐我，"你进去，我这里快好了快好了！"深色的雨衣，遮掩不住她发出的那道光辉，如同她在掌舵。

只是，溅在脸上的雨水迫使我不得不将门关上。我们这个家，是一艘受困怒海的船。

轰！灯暗了。

不知为什么，台风过后，我深深记住了这个年份：1982 年。

阳光转强，照亮了死伤、泥石流的新闻。开学后，班上有个住泰山区的同学，家中灾情惨到从此没办法再来学校上课。

"大家安静！"老师拿藤条抽了讲桌两下。

上初中就是为了联考，不会再多了。

成天看着那些好学生较劲谁考几分、谁第几名，我转开眼，却看到考输的同学开始捣乱。再仰高头，看到天花板有条细线缓缓飘落，将同学们分成两边，从此他们的人生各往两条相反的路，渐行渐远……

紧低着头，准备不完的小考，过一天是一天。偶尔坐在我后面的瘪三谢峻德推我后脑一把，我顶多回呛一两句，闷着头继续啃书。

对我在校的一切，妈妈一概依成绩单来判断。很自然，她总认为，成绩维持在前几名的我，在学校，也和同学处得融洽。

＊ ＊ ＊

E.T. 终于来了。对《外星人》电影海报颇不以为然的妈妈搁下报纸，说："伸着一根手指在那边干吗？要说拜拜是不是？"她摇摇头，出门上班。

独留我一人，默默将稀饭喝完。

还好有印清。

妈妈给弟弟买了辆单车，我却常拽来就往印清家骑去。

阳光很大，我和印清他们蹲在庭院中种花、浇水，期待未来一片万紫千红。趁印清去装水，他妹妹走过来在我耳边悄声说："阿丰，我偷偷跟你说，我哥说他很爱你耶，他说如果你是女生，他要娶你耶。"

"哈。"

印清就像故事书里面走出来的小王子，一言一语，都是这般纯净、无邪。

在他的要求下，我虽也同意让他来我家做客，但当他意识到我没说谎，我家真的没什么好玩的，两人之间也才取得共识，不再提"去树林"这种傻主意。

礼拜六放学，窝在他家沙发吹冷气，看电视长片，跟水深火热的学校教室比起来，简直是天壤之别……

"谷名伦①耶！"阿清指着电视。

"哈，我演过他儿子！"我说。

---

① 谷名伦：1949年—1978年，1978年以饰演《日落北京城》中的角色荣获金马奖最佳男配角。

154

"啊？"

"我小时候在路上被抓去当临时演员，就演他儿子啊！"

"真的呀……那他死的时候你很难过吗？"

"他没有死啊！他后来跟女主角幸福又美满耶……"

"我是说戏外啦！你忘了他两年前跳楼自杀？"

"他……"

当天晚上，我辗转反侧。

一个短暂当过我爸爸的明星，就这样陨落。

或许我根本不适合当任何人的儿子，更注定不该拥有爸爸……

也或许，在谷名伦跳下之前，也不过想当个平静的人，仅此而已。

接下来几天，我心情极差。上课时间，脑际不断盘旋着老头那张可憎的脸。我想，就算脱离老头已久，但我从未真正从阴霾下离开。

好不容易，稍稍能舒缓压力的工艺课，却一人发一块硬邦邦的木板。大家紧握雕刻刀，划着难缠的木板，试图雕出一条和范例一模一样的鱼。我用力雕着这块山一样的木头，一边咬牙想着，许久不见南京东路工厂的叔叔阿姨，他们现在过得好不好，工作会不会比我现在还粗重呢……

"啪！"

我猛转头，怒瞪着看是谁敢打我。是坐在我后面的那个瘪三谢峻德。

"看什么看！"他有胆回应我的怒视。

"你再打一次给我试试看！"

"干什么！不能打是不是？"

他手伸来又是一巴掌。

"去死吧，没出息……"老头的声音撞击着我耳畔，嗞嗞声烧灼着我脑中央那个一直没有平复的、深深的伤口——我整个人弹跳起来，动作快如闪电，举起手上的雕刻刀朝谢峻德所在的位置一挥。一道血痕自他脖子浮现，先是浅浅的，接着艳红如花。

我一阵晕眩，浑然未觉两秒前发生的事。

*　*　*

为了这件事，我被叫去训导处罚站。罚完站之后，那个夏天，我不再跟同学讲话了。

也没什么不好，因为孤单，夏天一下子就过去了。

想想，我和印清之所以会念不同的初中，是一种命中注定的阶级之别。没有谁下令我不能和他念同一所初中，但就是注定如此，我只能存在得淡淡的。

淡淡的。

*　*　*

"外公呢？怎么没看到他。"我问舅舅。他正在冲洗着自助餐店的铁盘。

"他……走了。"舅舅停了一下才说。

"走了？"我不懂。

"就——离开了啊。"舅舅似乎不是很想回答。

为什么离开？我非知道不可。小时候，我真的比较喜欢外公（尤其和外婆比起来）。我不断追问，最后舅舅才透露：外公不是舅舅的亲爸爸，当然也不是妈妈的亲爸爸，因为妈妈是领养的。所以呢，外公随时可以离开这个家。

可是，那……他为什么住在外婆家那么久呢？我心底的问号越滚越多。

"他认识新朋友了。"舅舅答得简短，接着起身往别处走去。

那新朋友是男是女呢？

舅舅冷峻的背影，让我不禁将头低下。此时，问得越少，才代表自己越懂事。

离开舅舅家之前，我偷偷绕到屋子后面，从外婆房间的窗子，偷偷朝内窥探。外婆坐在镜子前，披头散发，一脸落寞，一点也看不出昔日的她，嗓门有多尖。

她后悔以前对外公那么凶吗？

* * *

"我一直都知道外公不是妈妈的亲爸爸，但怎么也没想到，外公也不是舅舅的亲爸爸。"我对印清说。

"如果他随时可以离开，那他跟你外婆，是不是就没有结婚？"印清分析着。

"是这样吗？我可能要问我妈妈才知道。"我眉头深锁。

印清继续分析："会不会是你舅舅开自助餐店，你外公没货运行可以做，就去外面退休了。"

"去外面退休？退休需要去外面吗？"

"不知道耶，我去问我爸爸好了。"

想想，还真是奇怪。

外公不是妈妈和舅舅的亲生父亲，却待他们如亲生骨肉，等到姐弟俩都成家立业，才放心离开。

看得出，他受不了外婆很久了。没有结婚证书绑着他，他还是待了那么久。

反观我老头……

* * *

一封监狱寄来的信，给了日子一些波荡。

老头真的被抓去关了。

不过，跟开私娼寮无关，这次开的东西比较小——几张空头支票而已。被告到脱裤子。

"这才是他应该去的地方。"当下，我心里这样想。

妈妈搁下信，脸色凝重。

"哎，妈妈，不要被他弄得心情不好啦！"一把将信抓过来，怎知我看完后，竟然露出和妈妈一样的表情。

信笺上赫然出现"我错了""我对不起你们母子"等字眼。尽管我很难相信，这些字眼会是那老头的肺腑之言，但一切都很乱，我们毫无心理准备面对这封信，自然也不敢轻易否定内文。

工厂没了。火暴、好赌、好色的老头，亲手毁了一切。

薄薄一张信纸，却像脚下被用力抽走的地毯，害我跟妈妈差点跌倒。

我知道妈妈迫切需要做出一个决定，否则天花板就要塌下来了。

"原谅他吧，妈妈。"我说。

妈妈摇摇头，不想多说。

* * *

当天晚上，我又后悔自己说出"原谅老头"那样的话了。受了那么多伤，为什么我能轻易将原谅说出口呢？

不可能是这样的啊……

辗转反侧，我睡不着。或许说出这话，不过是想感受一种"我也救得了老头"的莫名优越感。他痛殴我无数次，我都没死。现在我一句话，就救得了他。

呵呵。

想着想着，被子越来越重……似乎过往那些伤口，又回到了我身上。

* * *

入冬，家里多出一个人。

看到他，我撇开脸，走入房间。

出狱后，老头瘦了许多，胡子拉碴，浑身臭味像一年没洗澡。妈妈抵押房子保他出来，然后，大家都不知接下来该怎么办，只能大眼瞪小眼。被关完后，老头关节也退化了，成天窝在家里，手摸过一张又一张的旧报纸，看看这些日子都发生了什么事。唯一不关心的，就是我们母子三人的事。

"阿振，过来！"

他双手朝弟弟一伸，想给这昔日带给他一段辉煌岁月的吉祥物一个拥抱。

弟弟怯怯地看着他，不敢朝他靠近。

我则躲得远远的，将房门紧闭，这屋已够小，老头一来，我的活动范围又更小了。他做惯了大爷，现在寄人篱下又不敢轻易发飙，好几次他的怒火已经被激到临界点，可是妈妈冷冷一哼，他转瞬熄火，只好出门抽烟。冬天到了，看他一个人站在外头，拉紧身上的棉袄御寒，像极了一只滑稽的企鹅。真不知该幸灾乐祸还是递给他一件棉衣。

但很快，他就不理会"抽烟到外面去"的家规，大剌剌地在家里点起火来，恼得我很想在他打火机内灌酒精膏，一次让他永生难忘。屡次想起妈妈苦劝我的"他毕竟是你爸爸"那句话，我总能端起碗往自己房间走，死也不肯和老头同桌共食。

老头在身旁，我们的生活就像一根绷紧的弦。偶尔，屋顶传来咔啦、咔啦的不明物滚动的声音，总是让我背脊升起一股莫名凉意——这个家，随时坍塌都不奇怪。

老头在身边，我也慢慢刻意疏远印清。原因是，总担心哪天印清突然撞见老头，过往那些不堪的伤痛，会一次性遭到全面揭露。每天上学，面对路的两边，我选择往右，朝寂寥的火车站走去，避开在公交车站遇到印清的可能性。我不想让他看到我这张被老头弄得心烦意乱的脸，免得到时候他问："你心情不好？"

我可能真的会用力心情不好给他看。

* * *

与老头共处同一屋檐下，每天放学，我不看他一眼，便"咔"一声把自己关进房间里，直到吃晚饭，房门才再度开启。本以为可以这样相安无事好一段时日。

直到一天——

"怎么样！要个两百块，你装什么脸给我看？！你现在事业做很大，了不起了是不是？啊？"

我竖起耳朵，是老头在破口大骂。

"我为什么要给你钱哪？供你吃供你住还不够？好手好脚不会自己去赚！"

"住这个鸟不生蛋的地方是要赚什么？扫厕所吗？还是捡垃圾？"

"要扫要捡随便你。要赌博，就不要跟我哭穷，我家不是给你开娼寮用的！"

"你说什么？"接着是清脆的"啪"一声。

我用力推开房门，冲到老头面前："你想干什么？撒什么野啊！"

"是不是不想活了？你管事啦？"老头往我肩膀一推，我节节后退，"长大了是不是？翅膀硬了？去飞啊！去跳楼啊——"

"供你吃供你住，跳楼也是你先跳吧！"

"滚！"他一拳伴随着咒骂声挥过来。

我撞了墙，眼冒金星，踉跄后退。好不容易稳住脚步，心底的怒火再也无法抑制，口中发出狂暴的"啊啊——"我朝他扑过去，猛力乱打。

老头只出了一脚就让我往厨房飞去，锅碗和我一起掉在地上。

我心一狠，翻身抓到菜刀，再冲到老头那张狰狞的脸前。

"你不要逼我，不然我一刀让你死！"我的手发抖着。

妈妈看到我手上的菜刀，整个吓愣："阿丰，你把刀放下，不要冲动……"

我稳住情绪，慢慢地、一个字一个字地对着他说道："要住这边的话，最好给我安分一点，不然去喝西北风，没有人会留你。"

"啊，你不想活了！"老头伸手要夺我的菜刀，我作势挥刀朝他用力砍去，他没料到我敢这样，连忙把手一缩，却是气愤至极。他大声诅咒，朝墙用力一捶："滚！母子都是疯子！"老头将大门惊天动地一摔，找酒去了。

长达一分钟，我和妈妈伫立原地，一动也不动。

我一滴泪都没掉，他不过是我头上那朵未曾离开的乌云。也是一朵或许永远不会离开的乌云。

16　路的尽头

　　一切的一切，像旋转木马绕着我。突然间，我意识到，我与阿清之间的距离有多遥远。不仅是他家比我家有钱太多，也因为，我自认永远无法成为一个跟他一样好的人！

"你的脸怎么了？有没有擦药？"

我别开脸，不想回答印清的问题。他特地大老远走来火车站等我，我脸上的伤疤就这么被他撞个正着。

"阿丰，如果你被欺负，一定要跟我说。"

我点点头，心底忧烦着，脸上的伤，会偷偷透露给印清那些发生在南京东路的一切：铁丝、烫痕、差点被车撞死的紧急刹车声。面对印清这么要好的一个朋友，我无法清除过往的伤痛，只能任凭不堪的回忆，一次又一次鞭笞着现在的我。很可能，也包括未来的我。

每天上下学的颠簸路程，是为了逃离这个家，也是提前启程，目的地是未来一所还不明朗的学校。

越逼近高中联考，导师越语重心长，开始逼问我们以后想做什么。谁都看得出他喉结里藏着一句："不读书就等着捡牛粪。"什么是牛粪？鲜花插牛粪的那种牛粪吗？那当个老头那种牛粪也不错啊！起码成天轻松自在，风干还可以当肥料。

* * *

一天回家，我看到一个女人，瘫坐在厨房的凳子上。穿着红色细肩带小背心的背影，披散一头凌乱卷发。

当她侧过头，我才从那双眼睛，认出她的身份来。"淑娟姐。"

花了一番力气，我才说服她从厨房寒酸的凳子，移动到客厅藤椅上。

她支支吾吾地说，她没脸见阿莲姐。"妈妈很晚才会回家。"我安抚她。

"阿丰，你长好大了。"她挤出一丝微笑，摸摸我的头。

初识她时，我才九岁。现在六年过去了，淑娟姐也不再是当初那个一脸青涩、涉世未深的样子。"你爸爸的私娼寮收摊后，我去龙山寺那边接客了。"她的声音气若游丝，带点沙哑，"做这行，一脚踩进去，就回不来了。我们哪，脸一旦被记住，就是被记住了，哪里都去不了了。"

淑娟姐还说老头欠她一堆钱，她穷得没办法，迫不得已找上门，可是老头请她先在厨房坐下，然后说他去外面凑钱还她，就牵着阿振出门了。"谁知道，凑着凑着，就不回来了。"

眼看天色渐暗，淑娟姐不可能待到妈妈下班回家，否则肯定又是一场混仗。我想了想，跑去房间将聚宝盒打开，想拿一些钱给淑娟姐。

谁知，盒内的钱也不见了。

全被老头偷去赌了。

我掏掏口袋，只有公交车月票。

"淑娟姐，这月票给你，你可以用我的月票去坐车。"

她点头收下，走前，我再问她："可以给我你的住址吗？等我有钱，再寄给你。"

淑娟姐笑笑摇头，转身离去。

　　　　　　　＊　＊　＊

为了那一个背影，我心情糟到极点。

心情最差的时候，我的生日到了。

这寒冬中的生日，一完，就要过年了。

印清给我办了一个派对，"我们要扮成阿拉伯人！"他提议。

我点点头。

他邀了好多建成初中的同学，各个笑容满面，压根儿看不出考好考坏；我在阳明初中的同学，一个都没有。墙上是浅蓝、粉红、黄绿等柔和颜色的墙报纸，上面满满的放大十倍的字迹。放大十倍的字，看起来像小丑鬼脸，但我就是辨识得出，是印清写的。周遭这么多建成初中的眼睛，我的处境，会不会也被放大十倍？

一切的一切，像旋转木马绕着我。突然间，我意识到，我与阿清之间的距离有多遥远。不仅是他家比我家有钱太多，也因为，我自认永远无法成为一个跟他一样好的人！他所谓的实现梦想，就是兴高采烈地抱起一台由天而降的遥控车。我的实现梦想是什么呢？

手里捧着他给我的阿拉伯服，面对那么多不认识的人，我愣愣地站在原地，不知该跟谁讲话。

突然，老头那张狰狞的脸，又盘踞了我的视网膜。

从未有人为我办生日派对，我直觉幸福不会来得那么顺利，老头会突然冲进来，对我们破口大骂吗？他都能找到树林去，要找到印清家一定也不难。

不难……

我呼吸困难。

"哎，换你了！"

阿清换好了，一副小大人的模样。

"不准笑！换你了！"他对着我的肚子挠痒。

"哈哈哈——"

"快点啦！"

他掀起我上衣。

"不要啦！"

"那是什么？"他突然发现什么似的。

我一愣。

"你背后有疤耶。"

话一说完，大家视线往这边射过来。

"阿丰，你是不是受伤了？"

"没有啦！哪有！"我跳开一步。

"真的啊！我刚刚看到——"他往我靠近。

"走开啦！"

"给我看一下啦！"

"哎！烦耶——"我用力将他推开。

满室的欢笑声骤然停止，蛋糕静静地看着我们。

"哎！你为什么推我哥啊？"

空气凝结。

宿命般的，我的生日，定格在如此不堪的一刻。

* * *

"怎么这么晚才回家？"老头问。

不想回答他，我继续走回房。

"你同学打电话过来。"

我一怔，停步。

"一个姓郑的。"

"哦，我知道了。"

关起门来，一想到老头跟印清讲过话，我一阵忐忑，却做不了什么。现在的生活，虽不像以前三不五时被殴，但老头的存在，就像一股闷在胸口的病痛，让我沉滞在原地，无法踏步向前。他的存在，无时无刻不在提醒着我自己难以蜕变的事实。

我看着镜中的自己。我究竟是什么样的一个人？为什么就是羞于示人？不过就是以往发生了一些事而已，那些事根本不是一个人真正的自我。我到底有什么见不得人的？

好多事，不会有答案的。

放学后，我不再直接回家了，反而停留在公交车站徘徊，免得在公交车上碰到印清。再要好的朋友，都没办法对望太久，一如我仰视太阳，也只能一下子。夜深人静，我尽量不去想许久未见的印清。温热友谊要很久，毁坏只要一秒钟，况且，有些先天注定的差距是消弭不了的。我在床上翻个身又想到，滋滋好久没出现了。

以前老头打我，是滋滋最常出现的时候。

现在老头缠上我们，滋滋没跟着回来。

* * *

我正蹲在一楼砌砖块，却看到印清远远走过来了。我本能地立刻转头望着路的另一边，担心刚去买酒的老头突然走出来。

"阿丰，你为什么都不来找我了？"

他脸上当然不是往常友善的笑容，而是淡淡的、渴望友谊的疲惫。

我心生不舍，却更怕老头突然走来，毁了一切。

"我们去别处好吗？"

"不要，你告诉我，我哪里不好？"

"印清……"

"我保证不会再追问你伤疤的事，你再来我家好不好？"

我强忍泪："我们到别的地方去……"

"不要，你不要赶我走！"他眼泪迸出眼眶，"我要继续当你的朋友，我不要走！"

强风吹动不知名处的铁罐，我心底一抖，往路的右边看去，确实有个黑影，正在慢慢逼近。我急了，抓起他的手，想往另一边逃跑。

印清用力甩开："不要！你不让我进去你家，是不是不想跟我做朋友了？"

"阿清！"

"是不是？你说！"

我往另一端望去，那个黑影手提着两个瓶子，我心跳不禁加快。

"你说啊！"

"对！你走，你回家啦！"

印清愣住。

"你走啦！我再也不想跟你碰面了！"我喊到嗓子沙哑，赶紧收住哽咽。

然后我看到印清的脸，从错愕转为惊恐，他节节后退，猛地转身，快速奔跑——

我赶紧往左边看，原来是阿通伯提着两瓶炒菜用的米酒，好整以暇地踱步走来。再看印清，他的身影已越来越小，缩成一个小点，终而消失在路的尽头。

* * *

这是最难挨的一个夏天。没人懂我脸庞蒙上的阴影是怎么来的。或许在大人眼中，挑灯苦读、准备赴考的孩子，本就该是这样的一张脸吧！

下班后，疲惫的妈妈倚靠在藤椅上，我坐在一旁剥四季豆，一条条的丝，堆成一顶绿假发。妈妈突然想起什么，疲惫地抬起头问："那个考高中，是不是要填什么报名表，家长要签名啊？"

"不用签名啦！而且我又不去考。"

"不去考？"妈妈暴跳起来，"什么叫作你不去考？"

"高职我还是会去考，高中我不想考。"我答得淡然，继续剥四季豆。

"不想？！"

看她头发乱成一团，我要她冷静："妈妈，很晚了。"

"晚什么？骗我现在报名太晚吗？"

"就不想考嘛！"四季豆一丢，我也生气了。

"什么叫不想考？不想考我每天做得要死要活是为什么？"

"为什么？！我哪知道为什么啊？烦耶……"

我一扭头，往房间走去。

"你给我站住！"妈妈扯住我的领子。

"干吗啦！"我用力甩开。

"我每天工作那么晚，就是希望你不要跟你老头一样——"

我愤然打断她的话："谁要跟他一样啊？我也是想替你减轻负担，所以要去念建教合作班①啊！"

"建什么教啦？我叫你去念大学！"

"初中毕业跳级念大学喔？我没那么天才！"

"你给我去考高中！阿丰，大学都考高中教的，你不念高中怎么考大学？"

"不想念，没兴趣啦！"

"你不念大学以后要吃什么？喝西北风啊？"

"你管我？我喝西北风也是我家的事！"

"你家的事？说的什么话？你家不是我家？"

"我家！"我大吼，"是我家！我考上就搬出去！"

"你讲什么？！"妈妈一巴掌打过来，我及时躲过。

"你家了不起啊？！我考上搬出去！不会住你家啦！"

"说什么鬼话？说什么鬼话……欠打！"妈妈朝我扑打过来。我快步跑入房间，将她往门外推。

"阿丰——"

砰。

"阿丰！"

妈妈的声音，划破黑夜，响彻邻里。

---

① 建教合作班：一种职业学校、附设职业类科及特殊教育学校，与教育事业机构合作，以培育学生职业技能为目标的教育机制。

* * *

考完后，我上了大安高工 [①]。

我没让其他同学知道我没去考高中。尽管大家都认为依我的成绩上得了第二志愿。

老头住在我们这里，钱越花越凶。看着妈妈，我耸耸肩，勇敢笑笑，对她说："我早点赚钱，大学以后给弟弟上。"家里目前经济无法支付我的高工学费，我想快快念完快快工作，所以建教合作班是最适合我的一条路。

---

① 大安高工：台北市大安区的职业教育院校。

17　寂寞的手

　　我是一个逐渐老化的十五岁少年，变老的速度，比花开快，比太阳慢。

导师点完名，教室内唯有些许窸窣耳语。大家虽然彼此不认识，可是同学们来自各方，也已经各自标记好了各种友谊的开端。

我对这开端，不带期盼。

我就读的是大安高工机械科建教合作班，"念三个月，工作三个月。"老师人很好，她说"工作"，而非做工。

课本一册册发下来，比初中、小学都厚得多。书包垂晃的方式变了，我也改变了过往的上学路径。现在先搭火车再转公交车，经过忠孝东路与复兴南路交叉口。这里更接近城市的心脏，我的压力与惆怅也就更说不出口。

校内楼宇最高的一幢，有四层之高，就在某次午餐时间，我爬上顶楼——生平以来所去过最高的地方——朝下眺望。

远远望去，看到侧门一堆学生将手伸出铁栏，拿钱跟自助餐店老板买便当，一只只手进进出出，不断添换新的手部动作，手臂与栏杆的摩擦，交织着嬉笑怒骂。什么时候，我才能参与其中，找到那个像印清一样，能倾吐、能托付的声音。

回到家，"新学校怎么样？"妈妈问。

我简单点头，看到老头无所事事地跷着腿嗑瓜子，我又摇摇头径自走入房间。妈妈不再多问，显然她看到我点头后就低下头继续缝衣服，没看到我后来摇头。

浑浑噩噩的，不知道为什么。

三个月过去了，跟同班同学相敬如"冰"，交不到一个新朋友。

宁可一个月是一年，三个月就毕业走人。奈何老天爷不允许，学费得自己赚。

* * *

建教合作的地点，被分配到位于泰山区的一家制罐工厂。第一天，我和一群同学跟着领班拜见过一台又一台的机具，以后，它们是我的"继父继母"。它们会对我，像外婆对妈妈一样。

"明天开始上工。"领班说完转身离去。

这也是我生平第一次外宿。有些同学因想家而红了眼眶，我看见了却一笑置之。呵，住在外面算幸运吧，有老头在家的好处，就是我可以不那么想念树林的那幢矮屋。

也因为不够想家、不愿为家流泪，我深深感受到，自己是一个多么哀伤的人。

每天从早上九点工作到下午五点，加班通常要到晚上九点，下班后疲惫得再也没有哀伤的力气，但想起一个月有三千块，又稍稍安慰。肩上的酸痛，是从遥远的妈妈肩上分过来的，这么一想，一切又值得隐忍了。

只是一个礼拜过去后，体力越来越难负荷。累，又吃不好，连拉两天肚子，跑厕所跑着跑着，藏在床下的两百块钱就被上铺的小建学长偷了。

没有人承认，但我就是知道是他偷的。

我避开寝室内一双双遗弃我的眼神，跑去跟舍长借了枚铜板，走到宿舍楼下。

天色好黑，我心底空空的。

拨了电话给妈妈，她应该下班了。

"喂？"果然。

"怎么了？"妈妈声音听起来疲倦中难掩不耐，好像我只有惹麻烦才会打电话回家。

"没事，胃不舒服。"

"哎，你怎么那么不注意自己的身体啦！"她气急败坏。

我怕她又哭，赶紧说："妈妈，我没事啦，你别担心。"

彼端一阵喘息。

"我说真的啦！我很好，不然怎么打电话给你？"

很奇怪，树林和泰山区之间，明明一趟车就到了。可是母子也才这么几天没见到面，仿佛各自搭上了逆向列车，越离越远似的。

妈妈老了，每天上班，老得很快，白发一天比一天多，再也不能回去做擦口红的工作了。

"妈妈，你身体好吗？"

"硬朗得很，在那边乱问什么？啐。"

挂上电话，我脑海里是小建学长做贼心虚的眼神。

唉，没了那两百块钱，接下来要怎么过下去呢……

隔天起床，浑身酸痛中勉强上工，浑身虚弱得连瞪小建学长的力气都没有。我知道他心虚。隐隐感觉得到，他偷了钱，成天心神不宁。

我无暇多想那两百块钱，在燥热与油垢中，规律地和机具角力。手腕、手臂上，慢慢地积累了难以言喻的酸痛，有时像荨麻疹，抓不到的痒，有时又像体内被白蚁慢慢蛀空，动作也越来越僵直，越来越像机器的一部分。

毫无疑问，我是一个逐渐老化的十五岁少年，变老的速度，比花开快，比太阳慢。无论如何，我必须牢牢记住领班说的："千万别分神。"因为巨大无情的切刀，像老虎大口一开一合，一个不留神，都可能跟双手说再见。

一成不变的劳力动作里，我不禁想：如果我一辈子只能做这样的事，那以前初中那么用功念书、考好成绩，是为了什么呢？兜了一大圈，还不是只能做工？

我想起 Lucky，此刻终于了解到，它是故意跑掉的，它知道自己快要死了，不想让我们伤心难过，就偷偷跑去躲起来，偷偷等死。那些消失的蝴蝶、蜻蜓，是飞去找它的，我知道，一定是这样的！

"啊！"

身后传来一阵惨叫，大伙儿循声望去，看到一个没有手的人。

小建学长兀自待在他的工作站，不知所措，连找个人靠扶的能力都没有。

他，他的手没了……

就是没了。

往下看，一双手，掉落他脚边，仿佛要抓住他的脚踝。

我仰高头，天旋地转……

* * *

日与夜的交合处，挤压出一抹熟悉的靛蓝，像复写纸。这种蓝色认识我，以前当妈妈清晨呼噜呼噜喝光稀饭赶着出门上工之际，它就对我打过招呼。现在，我却找不到一个姿势来回应它，好像即将亮开的每一天，都蓄势要把我面对的每个难关照得更亮，一天亮过一天。

熬过工厂前三个月的那个寒假，天气突然温暖起来。

妈妈炖了一锅苦瓜汤。我一直没告诉她，其实我不喜欢苦瓜汤。

这一喝，不得了，味道好甘甜哪！

"妈妈，你加了什么？"

"没有哇！不都一样？"她愣在一旁，看我喝，"不好喝吗？"

我摇摇头，趁机问了一个过去数月心中酝酿已久的问题："妈妈，你要不要找个人嫁了？"

她被我这么一问，整个傻了。我竖耳追踪客厅里的动静，每天跟妈妈睡在一起的老头正沉迷在歌唱节目里，应该无暇偷听我们的对话。

仿佛无力招架这问题，妈妈扶着桌沿坐下。厨房锅碗汤菜，都盯着她等她回答。"我这辈子，没真正爱过一个男人。"她慢慢说着，又不经意耸了耸肩，"以后也不会了。"

"妈妈，你又没看过所有男人，怎么知道不会呢？我一定会好好跟新爸爸相处，不会跟他吵架的。"

妈妈笑而不答。

"上次，舅舅不是说要介绍你去跟人家相亲吗？报名《我爱红娘》也可以呀！"

她垂下头，若有所思："遇到中意的又怎样？现在不比以前了，什么事，都不能重新来过一次。"

"是因为老头在这里吗？"

她摇摇头："跟你老头没有关系。阿丰，以后你会知道，女人到了一定的年纪，该放的，就会放下。放不下，还是必须往前看。而且你看我的腿，疤那么大，哪个男人会娶我？"

"噢，你不要这样想啦……"

"飞向你，飞向我——"电视里金瑞瑶①唱着。

低头继续喝汤，这念头只好配着苦瓜吞下。

* * *

一开学，阳光特地莅临大安高工上空，用力照耀。

开学的第一天，班长、副班长要重选，老师要大家推举人选。大家你看我、我看你，这职位要跑东跑西，做很多杂事，挺累人的。

"我提周郁涵！"

"我提高英吉！"

"我提田定丰！"

田定丰，这三个字，听起来越来越不像我，又或者说，我活得越来越不像这个名字。在这个时间这个空间，视网膜残存小建学长那双掉在地上的手，我仿佛刚从成人世界走回一间教室，对周遭此起彼落的喧闹，淡然视之。

回过神，全班望向我，投票通过，我已被推上班长这个位子，手已上铐。

---

① 金瑞瑶：1963年生，台湾著名歌手，有玉女偶像始祖之称。

下课后，我步伐不稳，走走走，绊了几下又惊险站好，最后干脆躺平在西侧那片大草地，直视白亮刺眼的阳光，再闭上眼，享受黑暗中云雾般的荧光绿慢慢扭曲变形，带来炫目的快感。我再叛逆最多也只有这样了，妈妈眼中倔强的小孩，在同侪眼里，却好欺负得可笑。

"班长！"我赶紧起身，看到印刷科几个女生笑看着我。

"我们来拜码头！听说你是隔壁班新班长啊？"

"啊？"我忙着拍去身上草屑。

"我们要去吃冰，看你要不要去？"

"对呀，不巴结你一下，怎么联谊呢……"

我一时失措，没头没脑地问道："红豆冰吗？"

"你要吃绿豆冰也行！"

"只是比较小颗，哈哈！"

跟着一行人走向冰店的过程，我视线持续停留在一位同学脸上。曾淑玲。上学期楼梯间肩膀擦撞一次，她回头瞪了我一眼。又有一次，我听到她跟别人说我呆的。但我对她印象深刻的原因，恐怕还是因为，她的名字跟我妈妈最爱的女歌星林淑容①，都有个相同的"淑"字。

一个简单的四目交接，我心跳怦怦。红豆从刨冰塔尖，滚落。

她成了我女朋友，每节下课，我们就腻在一块。

"哇！牵手咧……班长很厉害喔！"

有了班长这件披风，突然威风了起来。

"走廊是谁扫的？眼睛是被糊上了什么？"

---

① 林淑容：1960年生，台湾著名歌手。

"喂，不要讲话，秩序分数输给别的班我就不饶你！"

"哎！你们不要欺负蔡振凯啦！"

就这样，常被欺负的蔡振凯被我们拉到一起，三人如影随形。在曾淑玲眼中，我越来越像一个英雄。后来另一个人也加入了我们，带来一种奇怪的气氛。他叫林明亚，读的是汽修科。午餐时分他告诉我们说："我以后要去变性！我要找一个爱我的白马王子，就算生生世世，我都要等到他！"

我皱着眉头，看林明亚将嘴噘得小小的，舀起一小口布丁，滑溜地吸入口内，吸溜作响。再看他的手，这就是传说中的兰花指吧？

我望望曾淑玲，不解地用眼睛问她：这是兰花指吗？

她摇摇头，不懂我的意思。

我颇为喜欢这种怪怪的友谊形式。有时出其不意戳林明亚一下，他会像火鸡一样跳起来，尖锐的叫声便震裂蔡振凯手上的方块酥。然后淑玲吃醋瞪视我，我就更得意了。

一放学，我们四个以步行取代公交车，他们陪我从学校走到台北火车站，叫着笑着，一点都不远，比火车还快。偶尔林明亚汽修科班上会有几个混混隔着马路对我们叫嚣："哈！人妖林明亚找到白马王子了！"我扯着嗓子呛回去："可惜你妈妈没有找到，所以生下你！"

18 信心的种子

　　胸口已没有五年前那次被老头在车里毒打时的那种闷闷的、酸酸的、刺痛的感觉。这清醒，一如睁眼看见校园树缝间的阳光，迫不及待迎向些什么。

"你不要乱来，把人家肚子搞大，看你怎么办？"

曾淑玲来我们家留宿的那个晚上，妈妈紧张兮兮地挨到我身边，低声警告。

"妈妈，你不要乱讲，我以前健康教育都考得很差，什么都不会，哈。"

"不然关在房间干吗？"

"她带随身听过来给我听嘛！"

"什么随身听啦？"

"就随身听嘛！连随身听都不知道，还在那边叫什么叫！"

这时，曾淑玲探出头来："随身听怎么了？"

妈妈立刻一脸灿烂地笑，转身和曾淑玲对话："没有没有，房间不会太热吧？"好像人家真会当她儿媳妇一样。

我和曾淑玲两人平分一副耳机。为了让妈妈知道房内没发生什么事，我们话说得很大声。

"这谁唱的啊？"

"苏芮唱的！"

"谁？"

"苏芮啦!"

"哪个芮?"

"就——"她皱起眉来,"瑞芳的瑞啦! 你井底之蛙耶,这张专辑去年很红,都没听过?"

"我去年都在工厂耶。"只好装可怜。

咚、咚、咚。

"啊!"我暴跳起来将门开了一个小缝,"妈妈,干吗啦!"

"你们在自言自语什么谁唱的啊? 明明就没有声音。"

"哎! 随身听啦!"

* * *

后来,曾淑玲又给我听迈克尔·杰克逊、肯尼·罗杰斯,他们的音乐带给我前所未有的感动,听得我眼泪差点飙出来。

"好好听喔,原来外国人也很会唱歌!"

她最爱听余光①的广播节目,随身听随时揣在怀里,生怕漏掉任何一集。我喜欢这样看着她,看她享受音乐。风吹过她,我闭上眼,音乐也飘到我脸上。

若加上林明亚、蔡振凯,共四个人混在一起,就又不一样了,我们最常挤在一块唱的反而是儿歌:"火车快飞、火车快飞,飞过高山、越过小溪……"

也因为我在工厂工作存了点钱,大伙儿结伴出去游荡,我多半像个大哥哥,请他们吃东西。他们也会搞笑地跟我撒娇,换来我的白眼。

---

① 余光:台湾资深DJ,有西洋音乐教父之称。

"唉，你们觉得，我以后去做音乐如何？"有一次，在华江桥下，我问他们。

"什么是做音乐，音乐要怎么'做'？"蔡振凯没头没脑地问。

"我也不知道耶……"

"拜托，你唱歌能听吗？"林明亚用肩撞我。

淑玲吃醋地瞪了他一眼。

"像写词啊、写曲啊……哎，反正就做音乐嘛！"我抓起一块石头，往新店溪丢去。

"写给谁唱？给我唱吗？哈哈……飞向你、飞向我……"林明亚跑来挠我痒。

"哎，不要啦……"我和他笑着叫着在草地上打滚。

"林明亚，你不要太过分喔！"淑玲在一旁干瞪眼。

大家玩累了，躺平在草地上看着天空。从侧边看着林明亚的脸部轮廓，我看到一种坦荡荡的勇敢，他不畏别人的耻笑，勇敢拥抱自己的特质，一点都不打算改变什么。初识，会觉得这种自信令人难以苟同，久而久之，还真是有点可爱。

* * *

有了班长头衔和一群支持我的好友，我慢慢从别人的目光中，看到了自己的改变。慢慢地，也开始出现一些轻拍我肩膀、要我好好加油的长辈。这也是我第一次知道，我有能力去经营一个团队，例如一个班级。

学校里的班级团体活动，在我的带动之下，拿出了不错的成绩。

"排演快开始了，快拿你们的彩球啦！"我大声催促着大家，大伙儿抓起彩球，一窝蜂往操场跑。

"流浪的人儿流浪的你，迷失在何方……流浪的人儿流浪的你，重回到我身旁……"我们班的人像蚂蚁一样，一人背着两种颜色，伴随着陈淑桦好听的歌声开始舞动。但我一点都不觉得自己在流浪，因为，分开的彩球，会缓缓攒聚在一起，从花花绿绿，变成一黄一蓝。

不久后又出现了一个小插曲，发生在早自习的时候。有个叫作曾志贤的同学故意大声讲话。我知道这样会影响比赛秩序和分数，而我不希望我的团队拿出不佳的表现。

我劝他，过不了多久他又故态复萌。我一股青少年的无名怒火升起，顺手抓起教室前面放盒饭的铁笼子，往他后脑勺一拍。

一行血从他鬓角流下来……

两个男同学把他架去保健室。

曾志贤包扎好伤口，回到教室后，整个人服服帖帖，乖顺得跟绵羊一样。

* * *

有个晚上，妈妈下班累坏了，早早去睡。

老头瘫靠在藤椅上，一脸凶神恶煞。

就在我出房门小便完时，老头叫住了我："阿丰。"

我停步，不看他："啥？"

"去帮我买酒。"

我头一甩，走开。

"是不是想死啊？叫你去买酒，你是耳聋啊？"

"妈妈在睡觉，你别吵。"

"去买酒！"

我看着他，这个没醉的男人，随便发起一股乱七八糟的火，就可以对任何人颐指气使。我是他生的，为什么我身上，从来就缺这么一种盛气凌人的霸气？

"去买酒听到没！"铜板撒了一地，"钱拿去！"

"哇，声音好响亮，好有钱哪。"我讽刺地说。

"找死！你欠打……"

老头冲上来，我朝他肩膀使劲一推。他踉跄着倒退几步。

那一瞬间，世界仿佛颠倒过来。

"哎……你们父子在吵什么啊……"妈妈微弱的声音传来。

老头定在原地，被我的力气吓到。他从未看着我长大，当然更不会知道，我的力气也长大了。

我怒视地上的铜板，再看看老头。

"阿振！"

他改叫弟弟的名字。

"干吗？"

"去买酒。"

阿振走到我和老头之间，蹲下捡钱。

我恶狠狠地瞪了老头一眼，转身，房门摔个惊天动地。

* * *

二年级秋天，制罐工厂赶外销的货，工作越来越繁重，我马不停蹄地忙着，嘴角带抹笑，脑里是不断增加的薪水。

我要赚钱。

突然间，"阿丰。"领班叫我。

我转身。

眼前一黑——

醒来，躺在病床上，鼻孔插着管子。这是我第二次在白色空间苏醒，但胸口已没有五年前那次被老头在车里毒打时的那种闷闷的、酸酸的、刺痛的感觉。这清醒，一如睁眼看见校园树缝间的阳光，迫不及待迎向些什么。

"阿丰，你胃出血了。"

听见妈妈这样说，我眼泪却又哗啦哗啦流下来："我还可以上学吗？"

妈妈叹了口气："泰山区那边真不是人待的，你受那么多苦，也都不讲。"

"我还可以继续念书吗？妈妈……"

"你姑丈他们公司是做模具的，我已经跟你老头讲了，他们会去跟你们学校谈。"

"我还可以继续念书吗？"

妈妈定定地看着我："你给我好好念完。"

听完我才放下心，擦擦泪，闭上眼睛。

回到家，我浑身虚弱，看到聚宝盒，好久没在里面放东西了，但打开，照样一堆小玩意儿涌出来。那堆没寄出的信，一封叠着一封，给淑娟姐的，给滋滋的，给阿成的，甚至，还有给外婆的。

呵，都快忘了我以前想对外婆说什么狠话。

突然，我翻到一封泛黄的信，打开，是好多年前，写给在西松小

189

学的同学廖祥杰的。

读完，我眼泪掉了下来。

廖祥杰：

后来，你们家搬去永和，也转学了。很感谢你，那次从酒厂，带回那么多酒的故事，要说给我听，很对不起，我没耐性把它听完，希望你不要见怪。至于我，也有很多酒的故事，可以告诉你，可惜你不在，只好以后有机会再说了。

也有可能，下次见到你，我还是不会告诉你我的酒的故事。但我想让你了解，不论你知不知道发生在我身上的事，你都可以再把你听到的酒的故事，说给别人听。

阿丰

"怎么看你最近心情很好？"

冰果室①很凉，林明亚啜了一口冰，然后风情万种地嗯了一声。

"没有啊！我心情不是一直都这样吗？"

"唉，这送你。"

我一看，是陈淑桦的卡带。

"哇！我最爱的陈淑桦，谢谢！"

"看你快病死了，赶快送你一张，这样人家就会说我是好人了。"

---

① 冰果室：一般指售卖自制冷饮等零食的小商铺。

"呵。"

"你听过没？"

"没有。"

"还没听过啊？我唱给你听。"

"不必了不必了不必了——"

林明亚的确是好人。唯一的缺点是，有时他看我跟蔡振凯比较好，就会跑去蔡振凯面前说我坏话。哼，以为我不知道！不过，他送的卡带我实在爱不释手，就不跟他计较那些小事好了。

"为了不当你跟曾淑玲的电灯泡，只好把你约出来了。"他一面说，一面把碗里融化得乱七八糟的冰，揩得一干二净，"其实有时候，我觉得曾淑玲才是电灯泡！"

噗——我嘴里的冰差点喷出来。

* * *

"阿丰，我好想死——"林明亚在电话里对我说。

"好了啦！人家要讲，就让他们讲，嘴巴长在他们脸上，要吃屎也是他们家的事。"

我站在人来人往的火车站里，一边驱着蚊子，一边不耐烦地握着满是汗水的话筒。本来只是打给林明亚问一下礼拜天要约哪里，没想到他逮住机会，吐了半小时苦水。

"我身上的零钱都被你讲光了，你以为在吃金币巧克力呀？"

"你知道他们还怎样吗？他们拿一支活动扳手，从我下面折断。"

"哈哈哈——哪个下面？"

"就下面嘛！"

"下面硬到可以折断活动扳手喔？那你不会尖叫求救吗？哈哈……"

"哎，你怎么这样啦！"

"就真的很好笑嘛……哎，火车快来了，我要赶快回家，不然我妈妈又要发飙了。"

* * *

"哥，电话！"

"谁呀？"

"声音很像女生。"

"很像女生？"该不会又是……

接起电话，果然又是林明亚。他不给我抱怨的机会，劈头就说，他正在板桥江子翠①附近的华江桥旁，找了个公用电话亭打给我。他心情糟糕透了，很想马上跳到底下的新店溪里。

"别闹了啦。"我对着话筒说，还不忘抢走弟弟手上的遥控器，"我要看《综艺一百》②！"

"我说真的，你不过来的话，我就真的要跳河了！"

"你不要乱跳啦！鱼被你压死怎么办？"

他的哭声猛然变大，含糊中，我也分辨不出他在鬼叫什么。

"你说什么啦！"

林明亚咔一下挂掉电话。

---

① 江子翠：位于台湾新北市板桥区。
② 《综艺一百》：台湾地区中华电视台在1979年每个周日播出的综艺节目，主持人为张小燕，不仅是当时的热门收视节目，对台湾现在的综艺节目与文化也有很大的影响。

"搞什么？"真要这样逼我！我猛地起身，往来踱步，不想惊动家人，却撞倒了垃圾桶。

"哥，垃圾桶倒了。"

"给我闭嘴！"

不行，这样焦虑下去，林明亚没跳河，我都要把电视砸了。还不太会骑摩托车的我，不管三七二十一，一下跨上妈妈那台摩托车，就往华江桥方向疾驰而去。半路上下起了雨，雨水冲刷着我的眼镜，突然，我又想起Lucky，想起滋滋，或许这段路程通过了印清所在的位置，也或许没有。

但我究竟要到哪里去？路灯照着我，时间已经很晚了，若被临检的警察拦下，他们或许会劈头质询我："阿丰，快毕业了，你要到哪里去？前面没有路了。"

慢慢地，我再也分不清雨和泪。

我停下笨重的摩托车，远远地，就看到林明亚站在华江大桥边。

"林明亚！"我怒声吼去。他看到我，踉跄后退。"白痴呀！你到底在干吗？"我上前抓住他的臂膀，用力摇。

"我还以为——"

"以为什么？啊？"

他先是呜咽，接着大哭："还以为你不来了！"

"不来？我不来，谁来教训你呀？啊？"我将他拖回电话亭，离开雨势的干扰，"我不来，你就真的要跳了吗？啊？"

"他们都笑我，我爸爸也看不起我，说白生我了，我不知道该怎么办，我真的不知道——阿丰——"

电话亭的玻璃，沾满了雨珠。

我用力抱紧他："不都跟你说了吗？别人叽叽歪歪，关你什么事？你为什么一定要这么傻？你到底知不知道，要是你死了，我们会有多难过？"

"我不知道该怎么办，阿丰，我真的不知道该怎么办……"

我们浑身湿淋淋的，全身都是冰冷的雨水，温度再降，恐怕要冻成双人雕像。"怎么办……呜……怎么办……"他口里的怎么办，也是我不断自问的。

我陡然推开他，掀开自己衣服："你看，这里，这里，还有这里，都是被我老头打的。他把我吊起来，用烧热的螺丝起子烫我，还把我衣服扒光，丢到马路上，差点被车撞死，我好几次被他送到天堂半路上又被救回来……你这个浑蛋！如果我都活下来了，你有什么资格跳河？你跳了，我不就成了冤大头！上半辈子什么苦都白受了！"

我盯住他的双眼："什么资格？你说啊！"

不给他说话的机会，我继续骂："告诉你，我活下来就是为了教训你这种人！还有，你不要以为我不知道你在蔡振凯面前说我坏话，你说我假惺惺，什么叫'惺惺'？你还狒狒咧！"

说完，我们都忍不住笑了出来。"警告你，以后再敢说我坏话，我就把你缝了！"

他不再哭，不再闹，也没问我要缝什么。我们齐声吸着鼻涕。未说出的话就这样和着鼻涕吞了进去。

19 红色司迪麦

歌唱完了，我迈步继续往未知的方向走。我反复回想刚刚那旋律，说不定哪一天，我能凭借旋律，将这首歌找回来。

高职三年级，最后一个学期。那个下午，妈妈气冲冲地撞开我的房门："你最近都在搞么鬼？！"

　　"什么啦！"我身体不舒服，懒洋洋地抬起头，"我要睡觉。"

　　她上前抓住我的领子，几乎把我提起："你是不是跟人家在通灵什么的？"

　　"我……"啥？这件事，她怎么会知道？

　　"青云宫的婆婆说你在跟鬼打交道！"

　　"啊？"

　　她逼我把衣服穿一穿，硬拖着我去青云宫找神农大帝，烧了几炷香，老婆婆拿了水对我洒洒洒。

　　病就真的好了。

　　"老婆婆好灵喔……"回家路上，我差点跟不上妈妈的脚步。

　　"不灵也得灵。你弟弟的命，就是她救的。"妈妈很生气，越走越快，想想不对，又补上一句，"下次就没这么好运了！你皮绷着点。"

　　"哎，妈妈，你知道吗？上次玩碟仙，老头也过来玩耶！"

　　"你老头？"

　　"对呀！老头说他很想知道他最适合做哪一行。"

"碟仙讲什么？"

"做外贸。"

"鬼扯！"

"真的是鬼在扯啊！我真的不信老头他有什么本事去跟人家做正当行业。"

"你也真是的，没事玩什么碟仙哪？"

"我……我想知道滋滋的事啊！"

"滋滋……"妈妈错愕停步。

我赶紧解释："嗯，搬到树林后，滋滋就没有来过了，我真的很想知道他到哪里去了……妈妈，你不要生气啦。"

妈妈睨了我一眼，叹口气："阿丰，你也快毕业了，可不可以不要每次都这样让我担心哪？"

一个以往含混敷衍的问题，此时，却让我口哑了。

当天下午，我在家一鼓作气，写了一篇文章，给它冠个名称，就是"乐评"。评论的内容是我对黄莺莺专辑的一些看法，还有未来她该走什么路线等等。这篇文章可不是要塞进聚宝盒内，而是要寄去投稿的。我小心翼翼地折好，边想着，这回一定要让妈妈对我刮目相看！

打开集邮册，依依不舍地拿出一枚邮票，贴好，等我走到邮局，才发现：天啦！原来邮局里面也是可以买邮票的啊！

没关系，集邮册里的邮票跟我比较熟，更能为这篇乐评带来好运。

我如此相信。

* * *

"学长，你身手好利落喔。"

197

我苦笑，是好是坏呢？

那个冬天，我最后一次撑过当黑手①的三个月，每天都无力地想着，一旦结束，将手洗干净，会不会很快又要变黑？每到下学期，工厂里的同事大都混得很熟，不再有哪个菜鸟被欺负的事情发生。老实说，当黑手，比裁切铁板要轻松很多，也安全许多。

往往一片和谐惬意中，就会有人问："你毕业后要做什么？"

顺着这话，低头看着擦拭不去的指甲黑垢。自问，我的未来会是什么？

一毕业，未来就来了。

又或者，早就来了？

* * *

"我有话要讲。""别讲了，你的成绩单呢？""我有话要讲""求求你——考上了再讲吧！""喂！你的头发怎么回事啊？""我有话……"

这支广告，是中午吃饭的休息时间看到的。当它演到"你的头发怎么回事啊？"画面出现了菲比·凯丝②，我还以为自己看错了呢。

是卖口香糖的，红色司迪麦③。

走进杂货店，还真的有这个。

靠着电线杆，边嚼，边吹风。

---

① 黑手：台湾地区对蓝领阶层的谑称，因为工作的时候，会接触到机械上面的油渍，常常会把手弄得很黑，故称黑手。

② 菲比·凯丝：Phoebe Cates，1963年生于美国，中美混血，是20世纪80年代台湾地区极具影响的外国影星。

③ 司迪麦：丹麦某一口香糖品牌在台湾地区的翻译名称，司迪麦的广告多由具国际影响的知名艺人代言。该品牌广告以大胆超前的意识形态名噪一时，荣获多项国际广告业的奖项，也使产品成功打入台湾地区，创下极高的市场占有率。

边想着菲比·凯丝杂草般的刘海。

* * *

实习正式结束，拖着疲惫步子。回到家，收到一封信，发件人是《民生报》，当时显赫无比的影剧、生活专门报。

兴冲冲撕开，里面是上次的手写稿。另外附薄薄一张纸。

微笑慢慢消失。

读完后，我伸头看妈妈在不在，然后将它沿着折痕折好，放进聚宝盒。

但很快，我又发现，粘紧的信封口有两个小小的订书针孔。我立刻望向茶几，那罐糨糊，松松的，没有盖好。

"阿丰啊！"老头的声音过来了。我看他，他肥了许多，肚子圆滚滚的。"拿点钱来买酒吧。"他好整以暇地坐下，从容得好像就算我不给，也无所谓。

这几年我在工厂里的生涯，已经锻炼出扎实的臂力、腕力，要是老头敢动粗，我有把握轻易扭断他脖子。

刹那间，好多画面，在我和老头之间，旋转起来……

有那么一点不甘，偏又告诉自己非得沉住气。

我摸摸口袋，放了两百块钱在桌上。

* * *

"我有话要讲。""别讲了，你的成绩单呢？""我有话要讲""求求你——考上了再讲吧！""喂！你的头发怎么回事啊？""我有话……"

红色司迪麦广告播个不停。

晚上吃饭，"我要搬出去住。"我给妈妈短短一句。

"等当兵吧，现在住自己家不就好了？"她用力把焜肉①切断。铁汤匙刮盘子的声音很刺耳，弟弟打了个哆嗦。

"住这里，要吃什么？"我反问她。

"吃什么？"妈妈将汤匙一摔，"难道饿着你了吗？"

老头默默扒着饭，恍若未闻，他眉宇间纠结着从他当完兵到十多年后我都快当兵的现在，这一段时间内所发生的一切事情。

将视线重新移回妈妈的脸上，我一句话慢慢说出："我在这里能做什么？是慢慢退化，还是慢慢晒成人干？"

"你说那什么话！翅膀硬了是不是？我做牛做马，是为了养到你这样对我讲话的吗？"

"我说的是实话啊！我住在这是要干吗？家里一把锯子都没有，干吗住在一个叫作树林的地方啊？"

"他不住，就随他去吧。"老头说话了，筷子却没停，盘里的茄子被他吃掉一大半。

妈妈瞪着老头，眼眶泛泪："现在，你也帮他讲话了是不是？"

"不是帮他讲话，小鬼大了，总要放他出去闯一闯。"

"闯？闯的祸还不够多吗？"

"闯什么祸啊？我吃过那么多苦，你帮得上我吗？我被打个半死，你吭了一声吗？"我发疯似的大喊。

---

① 焜肉：将大块五花肉配以酱油、糖及香料等，用小火煮至熟软后卤制而成的荤菜。

妈妈气到发抖："不住这是不是？你给我出去！出去！"她筷子丢过来，我迅速闪躲，一个箭步就离开了厨房。

不管离开厨房，还是离开家，都是容易的事。到哪里停下来，才困难。

* * *

五光十色的西门町，我挑了座昏暗的骑楼，拨电话给曾淑玲。

"过来！"一声令下。

"很晚了，你现在叫我怎么过去啦！"

"过来就对了啦！"我理所当然的态度，仿佛她欠我似的。

我就这样站在服饰店外，任由西洋歌曲轮流通过我耳朵。每当音乐进出我身体，我就容易恍神、飘忽，以致等到曾淑玲来了，我的恍神和飘忽也把她惹毛了。

"阿丰，你到底在不在听我讲话啊！我大老远跑来这里，不是来看你发呆的。"她怒气冲天，但这首歌真的好好听，轻快、悠扬，像一种我最向往的生命节奏，偏偏我又拉不下脸来问她这是什么歌。

"哎，你到底在干吗啦！"她逼问着。

"没有干吗啦！你不要吵啦！"

"我吵？有没有搞错？你大老远叫我赶过来，还嫌我吵？"

我头仰高，朝向音乐缓缓流泻的方向，那也是个有光的位置。

微微的光。

我甚至忘了，几分钟后曾淑玲气冲冲离开时，那句要跟我分手，究竟是说了，还是没说。

歌唱完了，我迈步继续往未知的方向走。我反复回想刚刚那旋律，说不定哪一天，我能凭借旋律，将这首歌找回来。可惜，走个几圈，那旋律越来越淡、越来越淡……淡得有如红色司迪麦，再也无话可说。

20　世界的天气

　　这房子有多久历史？多少前人的汗渍未曾散去？一代又
一代的边缘人来到这里，学习如何享受大城市最脏乱落魄的
一个角落。

报纸一份要五块钱，每天买一份，又怕求职栏没新工作。

到处都去试。试到一些奇奇怪怪的，例如人家叫我卖保险，电话拨拨拨。

"舅舅喔，你买不买保险啊？"

"姑姑，你知道现在工厂火灾的话，损失很惨重耶！"

"表姨，上次你老公出车祸——"

无所不打，恼得亲戚朋友直接挂我电话。

赖在台北朋友家，妈妈打电话来告诫我，我这种推销电话再打下去，亲友要寄冥纸到我家抗议了……牢骚发完，她顺便问："钱够用吗？"

"妈妈，你不用担心啦！是我自己要搬出来的，没钱用，我自己会想办法。"

"你哟！"

"对了，妈妈——"

"怎么？"

"你考虑要买保险吗？"

咔嗒。

我无奈地挂上电话，看到朋友双臂交叉盯着我看："你这样一直占用我家电话也不是办法。"

发海报、卖桑拿券，工作跟住处一样善变，一个换过一个。有时候，搬完家立刻去上班的地方报到，做不顺，回家又付不出押金，一筹莫展。

住处跟工作在比赛谁跑得快。

起点是我。

＊ ＊ ＊

"喂，我叔叔的房子是空的，我们一起去住。"一个租不起房子的朋友阿杰告诉我。

"好啊好啊！"

行李收一收，我和阿杰一起搬到台北市立殡仪馆正对面的楼上。光是把行李拖到楼上，就有一种脚踝被紧紧抓住、举步维艰的感觉。一骨碌刚刚扑倒在地铺上休息，却怎么都爬不起来。真的，好不容易撑起身子，就会跌倒。

早就听说这个空房子原来是鬼屋。只是，再怎么怕，也得硬着头皮住下去。没钱啊。

里头没电，只好每天点蜡烛，而且两个人说好一天只能点一根。有时累到半夜回家，看到地上一堆融化的蜡，衬着阿杰如雷的打鼾声，一天额度的火光就这样被他擅自用掉，我只好认命地躺到地上。不一会儿，听到玻璃微微裂开的声音，想顺从疲惫，让眼皮继续紧闭，耳边却又一直传来砰声，一股力量慢慢逼近似的。

我拿出一卷卡带，揣在胸前，求神保佑吧。隔天睡醒，卡带不见了。在睡眼惺忪之间，我无比困惑。

＊　＊　＊

后来，我去跟戏。中视武侠连续剧《武林外史》导演田鹏，是我老头的朋友。

"你们几个临时演员怎么走的啊？发夹还露出来，穿越时空是不是？"

整天抱着场记板，战战兢兢，一堆人扮成古代人，穿梭在空地上少得可怜的几株树木旁，大概只有摄影机看得懂在演些什么。板没打好，还要提心吊胆被抓包^①。

现场人手一支烟，我才开了眼界，原来拍戏的人那么嗜烟。看来，这样的话连干冰都可以省了。

"我好累，不知道整天在忙什么。"有天回家后，我直视天花板对阿杰说。

"你不是快当兵了吗？"他答得爱莫能助。

"如果当兵前，我干不出什么名堂，以后在我妈妈面前就抬不起头了。"

他久久未答，黑暗中，天花板仿佛也瞪着我们。

"很重要吗？"一分钟后，他终于说。久得我也辨别不出这话伤不伤人了。

"嘘……"他突然爬起来。

"怎么了？"

---

① 抓包：台湾地区俚语，原多指做坏事或淘气被当场抓住，后又引申为因正好被领导看见或性格软弱而被临时指定去承担吃力不讨好的工作。

"你没听到吗？"

"真的假的，不要吓我……"

他点起一根蜡烛，我紧挨着他。

黑暗中，好像真有个声音，铿、铿、铿、铿……

当晚发生的事，后来跟朋友说，没有一个人肯相信。不过我连滚带爬将行李收一收，来到八德路的新住处。

这里不闹鬼，但住着一种叫作牛鬼蛇神的人。空间只有三坪大小，一个月三千块钱，三名室友弄得乱七八糟，一开始还真不是普通的不顺眼。两个人睡床垫，两个人睡地铺，空气根本不够用。开卡车的流氓阿庆，每天回家按时朝地面吐痰，吐得四处都是"地雷"，跟他住一块，每天都在期待他踩到自己的痰，跌个四脚朝天。柏瑞是混血儿，长得英挺、俊帅，却脏话粗话连篇。流氓阿庆跟我说："他是赛珍珠基金会的，就是以前美军和台湾女人生完就丢的杂种！"本以为这是那种说出来会被对方听到就一拳揍倒在地的秘密，没想到，有一天柏瑞抽烟时对我脱口而出："看什么？没看过杂种？"另一个，是南部来的，叫铨仔，白天到处溜达，问他干什么事业，他说打零工，顺口就对我喊穷。我的口袋每少十张钞票，起码有九张要从他做贼心虚的脸上一窥去向。

可想而知，这一窝牛鬼蛇神的衣服、家当永远散落一地，有时不慎将它们当床睡，背上还被麻将硌出一个类似屠宰猪肉的标记。乍看跟这三个痞子住在一起一定没什么好下场，偏偏他们够烂，四人加起来可一起抵抗房东催租，有时房东敲到门快破了，我们还能气定神闲地继续搓麻将。

"自摸！"

当然，我们也并非无药可救。屋内恶臭难闻的气味，偶尔激出一些抱怨。

"柏瑞，你胳肢窝可不可以洗一洗？"

"明明就是阿庆胯下的味道！"

往往，怎么都吵不出一个所以然。

有回打赤膊，背部刺痒，伸手去抓，"啵"一声，把手掌抓回眼前一看，巨型蟑螂死在我手心。

这里脏到人神共愤，哪天天降一只利齿怪兽把这公寓一口嚼碎，都不应该觉得奇怪。大伙儿混在一块喝酒，地板沾着一大片逐日加厚、说不出名字的脏污，酒友越来越多，挤到令人想开窗跳出去。有些酒友根本不记得名字，有些从没见过，喝醉了就叠在一块呼呼大睡。

太阳出来了，我踩过他们，去收衣服。

这房子有多久历史？多少前人的汗渍未曾散去？一代又一代的边缘人来到这里，学习如何享受大城市最脏乱落魄的一个角落。

他们之中，最常跟我互动的是铨仔。除了常偷我钱，他更常出其不意，用手拨乱我头发或拉皱我衣袖，用这种动作建立一种谐谑的友谊模式。这点我并不介意——倒跟宽宏大量无关，我早就忍无可忍，开门见山问他干吗非要动手。他心虚地坦承自己过度好动是因为缺乏安全感（或说缺乏安全感以致故意表现好动），一些无伤大雅的嬉笑怒骂是他拓展交际圈的"法宝"。既然原因搞清楚了，我也就耸耸肩，乐于当他的肉身道具，反正只要不捶出瘀血，要我配合演出都还 OK。

没多久，铨仔宣告失恋，趴上我肩膀又哭又流涕的，换我拍拍他，话哽在喉头。我不是那种很会安慰人的人。"像阿庆那种流氓就不会失恋。"我心想，这些人跟曾淑玲、林明亚不同，我和他们之间"室友"的比重要大过"朋友"，这是无可改变的事实。我们这种混吃等死的人，朋友本不多，也懒得交。唯独铨仔喜欢搞笑耍宝大声喧哗引人注意，尽管多数时候没被人当一回事，但我明白且感叹他的努力和随之而来的泄气。与他不同的是，我连泄气也不愿试上一回。

所以当铨仔依赖我，我乐得出借肩膀。

＊　＊　＊

每天工作，步入城市车阵中，随着车声越来越繁密，我就越希望，自己日后可以参与这个城市的节奏，当一个独立而忙碌的人。是啊，忙碌，多么奢侈的一个字眼，轻易找到属于自己的事情来忙，不必再屈从谁的差使。我厌倦了做不好还要被骂得灰头土脸的生活。

工作还是不顺。这几天，天空的云霞也越来越红了，呼应着我变坏的心情。我穷到浑身上下只剩一块钱，逼不得已，跑到骑楼拨电话给大安高工时代的死党蔡振凯。

"阿凯，我没钱了……"

挂完电话，地表缓缓下沉，我两手紧抓话筒，唯恐埋陷进去……嘴里啃的是流氓室友阿庆已经放了两个礼拜的防腐吐司，又干又硬。

边看表，边忧心蔡振凯会不会来。

在他抵达以前，或许我根本不该那么快将吐司吃完。

蔡振凯来了，怀里是一只绿塑料的小猪扑满[1]，我沉重地吸口气，

---

① 扑满：即存钱罐。

递给他一把刀，他当着我的面，将小猪剖开，我眼泪就流下来了。

"谢谢你……"

"以前我被欺负，都是你帮我。现在，我给你一点钱，也是应该的，反正，再赚就有了。"

他考上了专科会计专业，说以后要坐办公室、吹冷气，决不做挥汗的工作。

我不觉将头低下来。

看着猪仔被剖开的尸体，那种求助于人的羞愧，越来越难挨。

"那个死铨仔，不知偷了我多少钱！辛苦赚的，全被他摸走！"我愤愤难平。

"你怎么老是不把自己的钱看好？以前在机具工厂，不是也被偷钱？"

"对呀对呀！那个小建学长，好的不学！我怎么老遇到这种败类！"

"听说，他后来去要饭了。"

"啊？"

"他手不是断了吗？"

"对啊。"我始终牢记钱被偷的事，所以小建学长在我脑里的画面，双手总好好的，在他腕上。

"听说后来很落魄，他家很穷，没了手，他爸爸也不想养他了，就放他去华中大桥下要饭。"

"是喔……"

我大受打击，当天晚上，翻来覆去就是睡不着，枕头汗湿了一大片。算了，不睡了。

"铨仔，醒醒！"我将铨仔摇醒，"起来一下。"

"啊？"铨仔惊醒，虽然还是睡眼惺忪，脸上却有一股惧色，可能是怕被揍或怕被掐死。

"这给你。"

"这什么？"

"钱，给你用的。"

"阿丰，你这是干吗？"

"你一个人来台北，日子不好过，省点用，我自己也不多。"

＊　＊　＊

那个台风天，天空轰隆轰隆，仿佛电影《星球大战》演到这边来了。1986年的台湾，也差不多是这样，动荡不安而平凡无奇，人们微笑仰视彩带般飞舞的大风大雨。

返家的我，其实不必走天桥的。为了穿越台风，走近、看清楚世界现在的天气。我紧握伞，拼死拼活往中华路的天桥爬去，仿佛是在攀登古老传说中的天梯。直到伞也被吹走，耳边风雨声在呼啸，不知哪来的勇气，我依旧固执地往前行进，边抵御狂风的吹袭，边意气风发地想着，乘风破浪，也不过如此……

砰！

一片黑。

好像一颗巨大陨石飞过来，还是什么，我不记得了。

只知道脸上一阵剧痛。

天哪……

我看不到，视觉被一阵剧痛瞬间剥夺，玻璃碎片挂在脸上，我双手朝前方胡乱挥着——

光在哪里？我什么都看不到——

雨打下来，脸痛得仿佛逐英寸撕开。

唑——

踉跄往前冲着、撞着，虽慌，双手却利落地扶住任何摸得到的东西，不让自己倒下，不管撞到什么，都是好事，都代表我还活着。我稳稳地冲向百货公司的方向，推开门，竖起耳朵，确认周遭有人。从他们的惊叫声中，我知道，我吓到他们了。

这才放心弯曲膝盖……

忍着剧痛。

得救般地躺下来。

不知过了多久，依旧在黑暗中，我听到医生说，只差零点几厘米，就要砸到眼球了。

"这不能打麻药。"

不能打？这是什么意思？几个人将我手脚压住，我有预感，什么事正要发生。那感觉，就像关在黑黢黢的房里，不知道老头什么时候会冲进来。

"啊！"我狂叫。可怕的剧痛，从我右眼上端撕裂开来。我晃动四肢，奋力挣扎着。

"不要打我！爸爸，不要打我……"

仿佛重回小时候，医生是戴着口罩的老头，握着手术刀，慢慢逼近。

第二针刺下去时，那痛，仿佛脊椎里的骨髓，被针给硬生生抽走。

"医生，不要打我！我什么都听你的，不要再打我了！"我满口语无伦次，用力扭着头。

没用的，我知道没用的。还会有第三针、第四针、第五针……世界在一场不可思议的酷刑里旋转着，旋转着……

21　旋转木马

快速流动的时光，像旋转木马，除非我一跃而上，否则它不会停下来等我。唯有一跃而上，时光才能转为时机，否则都是浪费。

双眼裹着纱布，听见妈妈平淡地说："你眼睛肿得跟贡丸一样。"不用她说，我也感觉得出来。不过从她的声音里我知道自己没瞎，只是倒霉了点。

　　从医院到家里，看不到路，一片黑，也一并稀释了那抹未能"荣归故里"的挫败感。

　　一进家门，听到音乐，我问："收音机什么时候买的？"

　　"很早就买了。"

　　我趋近声源，朝那触感光滑的机器闻了闻，塑料味很重，外面的塑料薄膜都还没撕，应该是新的。新的。想到妈妈环视电器行琳琅满目的收音机，一副如临大敌的样子，我不禁失笑。

　　"笑什么？"

　　"没有。"我赶紧摸到椅子坐下，幸好家中的摆设没动。

　　"纱布拆了，也别回去了吧。"

　　"东西都在那边。"我简单下了结论。

　　"你为什么要这么固执咧？"

　　"不固执，要怎么赚大钱呢？"

　　说完，我摸着桌子，站起来。

"站住！"妈妈吼，"你要去哪里？"

我耸耸肩，不回答，反正不知道妈妈的确切位置，什么都不必躲。也躲不了。

"当这个家随便给你来来去去的啊？闭着眼睛进来，闭着眼睛出去，讲话还二五八万是怎样？出去打零工，赚那几个臭钱了不起呀？会比我辛苦把你养大还了不起吗？如果我找个人嫁了，你和阿振就要去马路上讨饭了，知不知道？！"

黑暗中，我感觉纱布湿了一大片。

"不知死活！嫌这里丢你的脸是不是？"

"妈妈，我没这样讲。"我哽咽。

"你应该这样讲的。把所有实话都讲出来，好让我们知道，你有多想跟自己家划清界限。"

她声音越来越远，也开始沙哑哽咽。

我倾身上前，摸到收音机，将声音开大，盖过一切。

手指凭直觉，调弄着广播频道。

竖起耳朵，听歌。

看不见的我，一切都要从头学起。

皱皱鼻子，屋内各式气味突然清晰起来。除了厨房飘来饭菜香，客厅内，花露水香气欢迎似的弥漫，几种气味在伸手不见五指的黑暗中窃窃私语着。

有声音。

"阿振，是你吗？"

"我啦！"老头说。

"噢。"奇怪，没有酒味。

竖起耳朵，听到疑似玻璃瓶碰撞的清脆声。

我不安地整顿了一下坐姿，忧心老头走近的恐惧感，又来到了我心间。

万一他给我右眼一拳，那就一切都结束了……

"知道罪受了吧？在外面混，都是这样。"

我不知道这话由他说出口有何意义，但我只是默默戳着，等待晚餐的来临，以便结束这场对话。

"要发财，就要做生意。呵，我怎么倒下来，都能重新再起。像我现在，在碧湖经营船只租借，不过就一个台北，人家坐着坐着也高兴。做生意啊，脑筋要动得快！"

我低头，默默不语。

"过些日子，我会和朋友一起开家报社，看你要不要去见见世面？"

我面对收音机，不想回应。

看不到，是种幸运。

"不想也没关系，反正要死要活，随你自己挑。早跟你说过，念书没什么用，现在你没念书，也照样没用。还真被我说中了，有些人哪，注定一辈子捡牛粪。"

咬牙隐忍。现在我眼睛看不到，开战对我不利，我不想赌上自己的命。

老头停了一下又说："不要看我现在落魄，很多政商名人都是我朋友，要起来，也可以很快。"

"吃饭了！"

稍晚我坐回房间，摸到聚宝盒，将它打开，把里面一样又一样的宝贝，抓出来摸过一遍。黑暗中，不断涌现那招牌在风雨中朝我砸过来的画面。假如我因此失明，这就是世界给我的最后的印记了。好在，眼睛包着纱布，此刻称不上全然的黑，而是透了些许红光，一条长长的、准备好的路，等我眼睛一睁，随时可以踏上去。

不放心我，没多久，妈妈就推门进来："你老头叫你去报社，多少考虑一下。"

我停了一下才回答她。

"说这个是干什么？"

"没干什么。"

"你能原谅的人还真多。"

刺了妈妈一句。话一出口，立即后悔了。

但也不能怎样，看不到妈妈，也无从道歉。

"你老头他过两天就要搬走了，他交了一个女人，要搬去她那边住。"

"呵，在碧湖……"

"他跟你说了？"

"他最好去跳湖。"

"反正你以后不用看到他了。"

"我现在就看不到了。"这句话真让我自己哭笑不得。

"唉。"我听到妈妈轻轻叹了口气。

咔！我将聚宝盒用力关上，算是给她一个回应。

　　　　　　　＊　＊　＊

家里待得太久，回音都快出现了。

一拆线，重见光明，我还是收一收，迫不及待地溜回八德路。东西都没放好，没想到就看到妈妈后脚跟来了，还将牛鬼蛇神教训了一顿。

"你们哪！东西收拾干净，屋内记得按时打扫，每个人轮流一次，时间我来排！"

"原来你妈妈这么凶啊？"妈妈走后，柏瑞说。

"这不算凶，你没见过她更凶的样子。"

"唉，这给你。"铨仔朝我手里塞了几张钞票。

"这是干什么？"

"你以前帮过我，我刚领到工钱，拿去买一些红萝卜补眼睛，哈！"

　　　　　　　＊　＊　＊

去了老头引荐的《自由谈》杂志社工作。同事五六个，一个不大而嘈杂的空间，充分呼应这本杂志的"小报"特性。"这里呀，具体而微！"社长说得跟真的一样。

"阿丰，过来我办公室。"

我怯怯地站到社长桌前。

"派个任务给你。"

"是，社长。"

"去做一篇陈淑桦的报道。"

"陈——陈淑桦？"

220

"是呀，不然还有谁？"他点起烟。

"那……我是要打给她吗？"

"你有她的电话就打啊！"

那如果我没有她的电话呢？我傻在原地。

看着社长吞云吐雾，我第一个想法是去找出潘越云《旧爱新欢》专辑的卡带盒。

虽然陈淑桦是我的偶像，但一想到要采访她，我双手直冒汗。照着电话号码拨给滚石唱片公司，接听的是个女的，她一听到我报上连听都没听过的《自由谈》杂志大名，就把电话转给另一线分机，再一线，转着转着，最后只剩嘟嘟嘟。

唉，该怎么办呢？

* * *

我拉紧衣领，寒风吹近 1986 年年底，牛鬼蛇神室友问我要去哪里跨年。我摇摇头，将笔记本塞入包包，就出门了。

当时还没拆掉的"中华体育馆"就在南京东路——这条充塞我人生记忆的大马路，所有重要的事，都发生在这里。

重返这里，却不想回到过去。

体育馆外，挤满了等待跨年的人潮，这是庆祝圆山动物园迁移，由滚石唱片举办的"快乐天堂"跨年演唱会。我发冷的身子钻过人缝，挤入演唱会后台，好多位忙碌的工作人员走走停停，我扭扭僵直的脖子，试图甩掉心虚的表情。"没什么好心虚的。"我对自己说。

一张熟悉的脸孔从我眼前晃过，我很快就认出那是滚石歌手黄韵玲。心跳怦怦，我顺从直觉，跟着她前进的方向走去。

来来去去的身影，那种扎扎实实的忙碌，让我感觉到，他们做的事，远比我要来得有价值。

就因为如此，我更要冲锋陷阵，加紧完成我的任务……快速流动的时光，像旋转木马，除非我一跃而上，否则它不会停下来等我。唯有一跃而上，时光才能转为时机，否则都是浪费。

就在这时，我看到了陈淑桦，她安安静静，挨在角落一个可以坐的地方。有那么一刹那，我以为自己眼花，看错了什么——工作人员来来往往，他们怎能对陈淑桦这位大明星视若无睹？怎能让她一个人坐在一个角落？

旋转木马，转啊转……

我深吸口气，朝她走去。

"淑桦姐。"

"嗯，你好。"

我在她身旁坐下，她的香味，离我这么近。

"我……我是《自由谈》的记者。"

"哦，《自由谈》。"

"淑桦姐，我很喜欢你的新专辑，可以采访你吗？"

"哈，你不是已经在采访了吗？"淑桦姐的笑容，让我放松不少。

她本人跟电视里虽称不上落差有多大，但现在亲眼见到偶像的那种虚幻、超现实的感觉，真的好难相信。正如我很难相信《水车姑娘》《浪迹天涯》两首这么不一样的歌，都出自于她一样。

我问了好多问题，淑桦姐都很有耐性地一一回答。等她答完，我又很窘地发现自己问的都是歌迷才会问的普通问题。但她总报以微笑，善解人意地将尴尬解除。最后，我鼓起勇气问她："淑桦姐，可以跟你要电话吗？"

"好啊！"

走出体育馆时，我带着满满的微笑，心中是满满的期待，迫不及待等会儿回家，打开笔记本的那一刻。

往后，每回打开笔记本，淑桦姐的字迹，都是一个大礼物。

店家都关了。

找台自动贩卖机投币买了罐伯朗咖啡。

边喝边发着抖，潘越云的歌声流入耳畔。

谢谢你曾经爱过我

你的付出，我曾不明了

谢谢你曾经爱过我

现在我什么也不想说

谢谢你曾经爱过我

如果现在你遇见落寞的我

请给我一个拥抱，不要拒绝我

22　攀越一朵云

多少人进入我生命，轮流与我擦身而过，而我，一转身，随即直率洒脱地远走高飞。

淑桦姐的专访刊出当天，滚石公司打电话来《自由谈》杂志社，不是我接的，根据同事小高转述，滚石公司说我破坏了行规。

"怎么说？"

"你没通过经纪公司就直接约艺人拍封面，他们对你很有意见。"

"那怎么办？"

"没关系，他们对你的好奇心已经盖过对你的不满。"

"啊？"

＊　＊　＊

躺在床上，我反复端详自己写的报道，日光灯穿透淑桦姐的照片。那份感动，就像小时候举高电影新片小海报，看着阳光点亮林青霞的脸。

信心无比巨大。

没多久，我就辞去《自由谈》的工作，应征进了更有发展的《钻石杂志》。老板姓赖，我们叫他赖老板，我的主管则是康大姐，她负责管我。康大姐是个相当富态的人，她坐在办公桌旁，相对凸显出办公桌窄得有多滑稽——我是说，坐久了，就算桌子没被她压垮，起码她会想换张舒适的大桌吧！

因为她的富态，我习惯叫她康大姐，而不是康姐。

她不太管我的工作细节，但有时候，短短几句话，又对我启示无穷，常要回家想很久很久，好像悟出那么一点道理，随即却被牛鬼蛇神室友们给没头没脑地打断了。

面对《钻石杂志》紧锣密鼓的工作，我驱策自己：不能堕落下去了，一定要早睡早起。假如上班不专注，套句妈妈的话："皮就绷紧一点。"康大姐下什么命令，我总乖乖点头。一年来穿梭过那么多工作，多少也了解，自己这一张无辜表情的脸，其实是有用途的。

"唉，你几岁？"

"十八岁。"

"呵，这样我嚼不下去。"

说这句话的人是《钻石杂志》里面的一位大姐，我叫她婉欣姐，那个"婉"字，总让我本能地和她上礼拜高高挽在两耳边的发髻产生怪异的联想。

当天她出门采访，很可能受到了一些言语的"提点"，就从此打消学习《星球大战》里面莉亚公主造型的念头了。

即便如此，她仍不放弃成为其他公主，一如她说的："身为女人哪，就是要靠美色来得到机会，口红、粉饼、睫毛膏都是投资——"只讲到脸，好像自己没穿衣服，"像我们天蝎座，是最优秀的星座，天生就是要打仗，野心够，到处都是战场！"

说着，她扭开收音机。

是李宗盛、潘越云的歌。

她跟着唱："这些无谓的忧伤，为什么不试着遗忘，你的心，曾是最温柔的地方，怎么忍不住悲伤……"

唱着眼神瞟向我，该不会要我接着唱李宗盛的部分吧？

"说来荒唐，说什么地久天长……"

这么单纯真诚的情歌被这妖女一唱，还真是说来荒唐。

果然，某天晚上，我做了个梦，《星球大战》中的莉亚公主朝我走来，脸上挂着诡异的笑。我虽未惊醒，但隔天上班，浑身被坦克压过似的酸痛。

* * *

采访名人，也不是一开始就顺利，像访问导演杨德昌的时候，我不过问到一句"新电影"那条分水岭，他就拍桌咆哮："你们这些年轻人，不要搞分化！不知天高地厚，乱七八糟的……"

撞得满头包，进进出出办公室，我甚至辨识不出，康大姐给的眼神，到底称不称得上赞许。还来不及回想自己漏掉了什么，就赶着交稿，大拇指又酸又痛，还要跟歌手定下活动时间拍摄封面。

"听说你干得不错？"婉欣姐靠到我桌边。

"谁跟你说的？"

"康主管啊！还有谁？"

"她真的这样说？"

"你看起来不像干得不错吗？"她反问。

我低头，想了一下这句话的双重否定部分，到底是什么意思。

"爽什么啊？"她朝我脑袋一推，而且是一根手指。

刹那间，我忍不住要想，她用同一个手部姿势，做过些什么？

"我跟老板睡过。"

我从椅子上跳起来。

"紧张什么？我又不是跟你睡！"

"可是……他——他——"我瞟向赖老板办公室。

"结婚了？"

我猛点头。

"结婚了不就代表我有实力吗？"

我愣住了，等到思索出这句话的含义，婉欣姐已不在原处。

往后几天，我看到赖老板，总要用力皱眉甩头，想将脑里他和婉欣姐在一起的画面抹去。这种尴尬不适的症状，在我与婉欣姐混熟并开始直称她"妖女"后，稍稍获得改善。

* * *

天不怕地不怕，我喜欢上这种到处闯荡的感觉。

"哇！小伙子，你几岁啊？当兵了没？"刚出第一张专辑的庾澄庆问。他看起来就像个大哥哥，讲话语气却比我多了点童心，一点都不像专辑名称：《伤心歌手》。

有时，我想伪装出一点自己缺少的特质，有时，又隐约直觉，不修饰的自己，才能让别人找出喜欢我的原因。

以前的我是什么模样呢？

打电话回家，告诉妈妈，我很好。

"很好就好。"妈妈答得简短，"什么时候回家？"

"这……"

忙到没时间回家，但我很高兴自己渐渐适应生活的改变，我越来越懂得享受贯穿胸口的音乐。它充盈我心间，像一种殊异的能量，不再是摸索、好奇，每当一首新歌闯入耳畔，我总能迅速和它结为朋友，与它对谈。

我们使彼此微笑。

多几次采访，也认识了好多新朋友，《溜溜画刊》的阿汉是与我最投缘的一位。第一次认识他的时候，他嘴唇因为天寒而冻得红通通的，像糖葫芦一样。

"你被谁亲啦？"我脱口而出。

他没料到我第一声问候，就丢出这种俏皮话，仿佛彼此有些共通的生命经历，是值得一见如故的。我们的关系，就像他打发时间用的魔术方块游戏机，填满一列，就得十分。

魔术方块有各种排列组合，就像叫人应接不暇、不断出现的新专辑、新曲调、新唱腔：苏芮、李宗盛、黄莺莺……是这些了不起的音乐人，积累出我和阿汉并肩作战的情谊。

赖老板和婉欣姐也没闲着。

当我听婉欣姐嚷嚷着要去采访名人黄任中，她心底的台词极可能是："赖老板，听到没？你等着被甩吧！"那是小女人的声音，婉欣姐一直知道自己的尾声是什么，也忧惧于朝那尾声靠近。

我也帮不了她。每天朝九晚五，甚至更晚，做的工作虽然差不多，但我深深感觉到，我和婉欣姐前往的方向，全然不同。特别是她老推着我去做些不舒服的事。

"你今天采访林慧萍有没有问到什么？"

"有啊，新专辑的感想！"

"我要出专辑的感想干吗？她跟那个谁谁谁的关系发展到哪里了？

挖多一点出来嘛!"

这是婉欣姐的人生真理:"你就是要挖腥膻。解严了,正是切入这一块的好时机,现在人不一样了,八卦才喂得起他们!"她的嘴脸也跟这话差不多模样。

报纸从原本的三大张,换成五大张,以后可能还会更多。变厚了,我却不自禁拉紧衣领。

* * *

征兵单来了。

我挤出勇敢的微笑,低头收拾办公桌,心中却是满满的、壮志未酬的不甘。

婉欣姐跑来,用肩撞我一下:"哎!要变成大人了?"

"我不在,你不要变得太妖啊!到时候我回来,看到一只女鬼,可是会吓得尖叫的。"

"说不定哪!你一回来,我早就把自己嫁了!我妈妈会告诉你,谷仓里那个脸色最黄的黄脸婆,就是吴婉欣!"

话一完,仿佛有一幅不请自来的画面,来到了我俩之间。

有默契地,我们都噤了声。

"你妈妈还好吧?"她突然问。

"她……好啊。"我被问到哑口无言。

"噢。"她头偏了过去,欲言又止。

我将纸箱封好,不经意间看到她眼角挂了点泪。那泪,仿佛预见了自己的未来。

我失措地转开眼,婉欣姐转身而去,音乐传来潘越云那句:"谢谢你曾经爱过我。"格外尖锐，也格外辛酸。若日后当兵回来再遇到她，而她还是没变的话，那么我一定会告诉她，若攀越山岭太难，那就攀越一朵云吧。

* * *

在《钻石杂志》上班的最后一天，快下班了，我跟康大姐约在楼下的店喝饮料。她点沙士，我点七喜。我们说的话，也像这两杯饮料里的气泡一样，快来快去。

"当完兵，再来找我，我们去外面创业。"

听到"创业"两个字，我眼睛一亮，但亮在心里。

"好。"

我简短回答，然后就去理了光头。

头发没了，人也淡定许多。

* * *

前往新兵训练中心的前一天，妈妈说她要去找外婆。

"我跟你去！"

听我这么说，妈妈颇为意外，"要来就来吧。"是不是儿子真的懂事了，她也没把握。

我们在舅舅的自助餐店外，看见外婆蹲在水龙头旁洗菜。抬头看到我来，她笑了一下："理光头了？"

我堆起的笑有些僵硬，但起码尽力了。

她看出我不再是以前她口中那个没用的阿丰了。

妈妈蹲下去陪她洗菜，找话润滑我和外婆之间的空气："你外婆啊，现在整天很清闲，客人来这里，都找她聊天。"

外公不在已久，外婆气焰的确收敛不少。我拉了张椅子坐，即将进入中午自助餐店的营业高峰时间，等会儿大家忙起来，妈妈和外婆就没得聊了。

"阿母，你的痛风好些了么？"

"我这把年纪，怎么还会好？好不起来了啦……哈哈。"外婆笑得像那些病痛是她久违的好朋友。

暴怒了大半辈子，看得出，她没什么交心的朋友。直到外公为了新朋友离她而去，外婆终究就范地蹲下来，折弯膝盖的痛风，哗啦哗啦洗着菜。

"你家阿源咧？"

"早搬出去了。"

"搬出去了？我还以为你们以后都会住在一起。"

"啐，让他住，是念在他是孩子的爸爸，所以收留他。你不知道，他来树林这几年，花掉我多少钱！"

"是喔。"

"他认识了一个外面的女人，早点死出去也好。"

"唉，咱们母女，命怎么那么像。"

妈妈摇摇头，将菜沥干。

"阿母，之前买树林的房子，跟你借的钱，到现在还没还完，真是对不起。现在阿源走了，我也开始存钱了，存够钱，一定还你。"

"唉，都是一家人，不用计较那么多啦。"外婆说完提起铁桶，往内走去。

我一直不知道，原来当初妈妈买下树林的房子，那个凶巴巴的外婆竟然也出了钱。我想，到当完兵回来，让我意外的事，也许还会更多。

回家后，我打开聚宝盒，撕掉了以前写给外婆的那封信。

次日早晨太阳一出，妈妈坚持要陪我到月台，彼此心底都不舍，但嘴上不说，一切都留待以后的电话对话当中再说吧。

她叮咛东叮咛西，我笑得满不在乎，谁知道入伍会发生什么事。

"妈妈，我很强壮，死不了的。"

"呸呸呸，你喔……"

行进的火车，仿佛又带我回到以前爱逃学的时光，流逝的岁月，掺入窗外高速轮换的景色，变得虚幻起来。多年前当我老头痛打我，又把我朝南京东路的车流里扔的时候，那位紧急刹车的司机，就像是在我的人生当中拉了我一把，让我免于死亡。可是，那件事发生的当下，我只能站起来狼狈离去，一句谢谢都没说。

多少人进入我生命，轮流与我擦身而过，而我，一转身，随即直率洒脱地远走高飞，留给他人视网膜里的最后一双眼神，感谢成分始终不多。我流下泪，为何我再怎么努力，还是只能成为一个和印清恰恰相反的人……

* * *

所有当过兵的人都曾口耳相传，宜兰金六结新兵训练中心是一个多么可恶的地方。我抵达营区之后，果然印证了传说，生活比外面辛苦许多。

第一天不能洗澡，浑身难受。接下来没日没夜的操练，宛若回到高一工厂炼狱般的光景。直到有一天，在操练之后我抽搐昏倒，被送到了医院。检查的结果是"严重高血压"。营长看着检查结果说，是高血压啊，那就不能再当下去了。只是验退的程序很长，直到新兵训练中心的日子结束，还没有具体的结果。所以我也必须抽签分发到部队里，边当兵边等验退。

部队的位置在屏东九曲堂。有一天，班长抽查信件，按照他们的老习惯，未经当事人同意，就将几封倒霉的信挑出来拆开。有一封我的信，发件人采用了粉红色的信封，抢眼又特别，当然立刻就被挑出来检查。拆信的班长一看到里面的内容，立刻两眼瞪得老大，眼珠子差点没掉到地上。

"这——这——"

旁边几个人围上去看看到底信里面是什么东西。

"潘……潘迎紫？"

"《浴火凤凰》耶！"《浴火凤凰》是当年中视的八点档连续剧，由巨星潘迎紫领衔主演，全台湾无人不知，无人不晓。

而他们看见信里面掉出来的东西，脸上露出一种表情，宛若是一只大飞碟即将攻占地球那般惊讶、不可置信。

我上前看了一下，潘迎紫寄给我的，信中还附了一张她的照片，穿着她的招牌紫色。那袭紫色礼服，足以让整个绿色营区燃烧成鲜红一片。从那天开始，每当有粉红色信封飘来屏东九曲堂的营区，穿着绿色军服的弟兄们就苍蝇一样飞扑过来。

度日如年的军营生活，加上潘迎紫的来信，娟秀字迹，传来传去的香水味，简直如一场梦境。但我很清醒：我不在这场梦里。我每天只想着，退伍后要做什么呢？要跟康大姐创业，还是继续当个小记者？

一直想做音乐，又不知该从何学起……想着想着，老头的冷嘲热讽，又敲击着我耳畔。越想越不甘心，没有底子，没有背景，徒有一身伤疤，未来究竟能干什么……

一年后，退伍令终于下来，弟兄们的梦也醒过来了。

回到家，妈妈眉头深锁地望着我：兵没当完，是好是坏。

23 错与对

　　我用力打自己，往看不见的黑里乱撞，摔跤了，再爬起来。满头大汗，浑身酸痛，每次挣扎着爬起，都像是想逃开老头的攻击。

"哥，你在干吗？"

我赶紧将潘迎紫的信折一折，收进聚宝盒。

"干吗？"

弟弟长好高了。

"我刚才想问你在干吗，好久没看到你了。"他说得心不甘情不愿。

"白痴喔！"我瞪他一眼，"几年级了？"

"要升初三了。"

初三？我讶异后赶紧掩饰自己的羞愧。

气氛其实有些尴尬，兄弟共处一室，不知该聊些什么。迈入青春年岁的他，也确切感受到，当他一了解什么是代沟，代沟往往就已经在眼前了。

找些东西碰碰摸摸，弟弟试图转移注意力。

"你真的访问过庾澄庆啊？"他抚摸着一本《钻石杂志》翘起的书页。

"好久前的事了，你现在才问，很不够意思喔。"

"你会去访问金瑞瑶吗？"

"我已经没在那边工作了。"

我用这句话，来加重自己的决定。

他点点头，脸上闪过一丝羡慕，好像我一直很坚强，好像我一直都知道未来要走什么路。

其实一点也不。

"爸爸他说，叫你去学开车。"

"他叫你转告我？"

他耸耸肩。确实也没什么好说的。

"他住哪？"

"不晓得。"

"偶尔还会回来吗？"

"有时候回来跟妈妈拿钱。"

我点点头，表示懂，也不想听下去了。

"好啦，我可以帮你要到金瑞瑶的签名照！"

* * *

想了两天，我决定按照一年前的承诺，拨电话给康大姐。

本来还有点担心她的反应，但她一知道是我，发出仿佛得救的声音，我也松了一口气。她被《钻石杂志》折磨到快吐血了，立刻叫我找几个朋友，一起和她去开广告公司。

挂了电话，手还发着抖。老头的话，来到我耳边："想赚钱，就要做生意……"想通后，手便不抖了。我掀开行李箱，神采奕奕地开始收拾行李。

家门前传来声音。

"姐啊，阿丰是不是回来了？"是舅舅！我才起身，他已经走到门边。

"阿丰。"

"舅舅。"

他看看我的行李："回来还没整理啊？"

"不，是要搬出去了。"

"要去哪？"

"台北。"

"台北？很远耶。"他故意说反话。

"是啊，还好不是走路。"

他环顾我的房间，而我上前把门关上，不想让妈妈听到我和舅舅的对话。

"房间都是这样，一整理起来，就开始乱了。"舅舅坐到我床边，"当完兵还好吧？变强壮了吗？"

"老头不在，没人帮我练身体。"我自嘲地说。

话一出口，房间气氛陷入异常的沉默。尴尬了一下，我动手收拾，打破无声。

"阿丰，你怨你老头可以，可不要怪你妈妈。"

我把头压得低低的，不回答。

"就像你妈妈没有怪我一样。"

我停下了动作。

"从小到大，你外婆打她，我一直看在眼里……可是，我就只是一个小孩子，还在适应这个世界正在发生的事，我也不知道什么是对、什么是错……"舅舅擦去眼泪。这是我第一次看他哭。

"舅舅，你不要这样……"

"那时候，以为打小孩是天经地义的事，总以为，我长大，也会跟姐一样，被打得很惨。"舅舅吸吸鼻涕，鼻子红通通的，"可是等到我发现妈妈只有对姐这样的时候，已经来不及了。"

我把嘴捂住，不忍多听。

"每次看她面对妈妈，好像一切恩恩怨怨都没什么似的，我就很羞愧……这样一个姐姐，从小照顾我到大，我要拿什么还她？"

"舅舅，你不要再说了。"

"阿丰，舅舅帮得上你的，会尽量帮。以后在外面，不要跟人家逞能发脾气，有什么需要帮忙的，你只管跟舅舅讲。"

我含泪点头。

"不管怎样，在外面，如果分不出对错，再远，都要跑来问舅舅，知道吗？"

"嗯。"

快快将行李收拾好，妈妈知道留不住我，临走前在门边塞给我几张千元钞票，我立刻推回去："妈妈，我自己存着钱，你自己留着用。"

"唉，我也没办法多给你，老头碧湖的生意，最近正要投一笔资金，成了，就会赚大钱，我钱都被绑在他那边。阿丰啊，你人在外面，好好照顾自己，有空记得打电话回来。"

我鼻子一酸，故意激她："那没空的话怎么办？"

"没空的话——皮给我绷紧一点。"

"哈哈。"

我上前紧紧将妈妈抱住。舅舅小时候，一定也是这样紧搂妈妈脖子的。说不上为什么，就是这么做了，这是第一次，离家前，给了妈妈一个拥抱。

我知道我会凯旋。我就是知道。

＊ ＊ ＊

再度进入台北都会，火速租个小套房，家当一股脑儿往里面塞。

拎了两瓶酒，把《溜溜画刊》的阿汉找来。黄汤下肚，他一下子就被我的创业计划说服了。"我一定要成功，不要被我老头看不起！"我喝得醉醺醺的，"到时候，我要把大把大把钞票撒在他脸上！看他还敢不敢嚣张！"

喝着喝着，我们肩并肩，醉步蹒跚爬上顶楼，不是很高，但整座城市灯火通明，够两个小伙子征服了。

不，是两个有为的好青年！我当完兵，不能算小伙子了。

台北市，我敬你！

＊ ＊ ＊

康大姐、阿汉、我各拿出一笔钱，在仁爱路圆环的老爷大厦租下一间办公室。

"我们一定要成功！"

拖地，打蜡，用力擦亮桌子，我对着桌面的自己露出满意不已的微笑。

康大姐的男友展庚哥也来帮忙。他性子急，指挥东指挥西，跟我和阿汉之间难免有争执。看在康大姐是大股东的份上，一开始，我和阿汉多半让他，也把跑业务碰到的闭门羹当常态。

"继续加油！一开始都比较辛苦，成不成功，就看努不努力了！"

对一切，康大姐乐观，我们也跟着乐观。

"康大姐在这一行很久，她说成，一定成！"我和阿汉私下互相勉励。

随着一通又一通碰壁的电话，我不免感叹，解严后的社会，变了好多。仿佛有群人瞒着我，开了场锣鼓喧天的派对，转眼却要我收拾善后。于是，这一年的十一月，冬天里的一把怪火将"中华体育馆"烧毁，似乎也不应当觉得奇怪了。

可是我在新公司办公室得知"中华体育馆"失火的消息，当下却愣了一秒，接着例行抓握一下发麻的五指。那个我和淑桦姐初识、开启我入行起点的地方，此刻对我的意义，不是消逝，不是惋惜，而是一条张灯结彩的热线新闻。

挂上电话，无奈地望向阿汉，他被我邀来这里一起打拼，凡事埋头苦干的他，对展庚哥的独裁作风，笑笑以对，满脑更重要的事，写在脸上。

因为这样，我更确定他是一个可以并肩打拼的战友。

有天晚上，我们去卡拉OK，他点了周华健的《我是真的付出我的爱》。

周华健上一张专辑《心的方向》，我还没完整听过。但光是"追逐风，追逐太阳"这句歌词，对比现阶段的我，显得格外讽刺，我也就没动力将整张听完。不过，阿汉唱周华健的歌，真是好听。

"别走开，给我一个时间对你说爱……"

脸颊借着一点小酒，发起热来，我想起以前小学、初中时代的同

学印清，想起大安高工的蔡振凯，想起人生中来来去去的朋友，

"哎，阿汉，你有没有想过，你的梦想是什么？"

他疑惑地看着我："赚大钱啊！我们现在不就在做吗？"

我想了想，继续说："我是说，除了赚钱之外，人生还有别的事可以做吧？"

阿汉呆愣半晌，笑了出来："你是不是醉了啊？"

"哈哈，我是醉了啊！"

用力灌了一口酒，想想不对，继续说："可是，我真的觉得，我想做音乐。"

"音乐？你是被谁洗脑了？哈哈。"

"我说真的。"

"我也说真的，该醒醒了……"他笑着摇头，"我们现在不就在做音乐吗？下一首换你唱！"

* * *

好事没有发生。

反倒时间越来越接近那个判别成功与否的日子。一定是哪里搞错了……

展庚哥越是急躁，我和阿汉越是搞不定广告商。咔，往往同时挂掉电话，视线对撞后，又无可奈何地撇开。久之，我再也不敢正眼看阿汉。"你们两个死人是不是！"展庚哥的嗓门像把快速颤动的电锯，将我祖宗十八代骂过一遍，我只是耸耸肩，反正我也不认识祖宗们。

有时候，我和阿汉甚至觉得耳朵都快被锯下来了。

我不觉反复开关抽屉，似乎要找什么，藏什么。

啪啪啪啪……

马不停蹄地按着电话号码。

业绩没起色，每况愈下。薪水发不下来，展庚哥一股脑儿怪罪在我们两个头上，好像我们是老天爷派来折腾他的。好不容易有点利润，却硬是被高额房租给打平。康大姐发不出薪水，叫我们撑一下。

"不要谈什么薪不薪水的，大家都是合伙人。"我对她笑笑。结果一撑就是几个月。我脑内挤满当初邀阿汉一起过来打拼的踌躇满志，想着想着，捏得满手是汗。阿汉有老父老母要养，我也没多余积蓄可帮他，万一帮了，又会不会伤了他的自尊？看他三不五时地挨到阳台角落，留下满地的烟蒂，我垂下头，看着六楼下的车流。

阿汉还能吞云吐雾，而我会什么？

"明天该怎么办？"

每天回家，灯越来越暗，怎么都开不亮，不知该怪谁。舅舅的话言犹在耳："在外面，如果分不出对错，再远，都要跑来问舅舅……"我垂下头。没有谁对谁错，但要收不收的念头，日日煎熬着我们。

"要赚钱，就学我做生意！"老头说过。

但我不想学老头，我要靠自己的能力赚钱，为了脱离头顶上那朵乌云，证明自己不必学老头也能成功，是唯一一条路。

咔啦、咔啦、咔啦，耳边是小时候南京东路持续运作的机具。

日日不息。

老头是这样赚大钱的。

为什么我做不到？

以前他动不动就虐待我，好几次从鬼门关走回来，我一定要做点什么给他看!

* * *

天色一黑,我把所有铜板往床上倒。五角,一块,五块,十块,有几枚旧的一块铜板,颜色、大小看起来像十块。我天真地想,说不定,掺在十块里拿去楼下买便当,老板娘会被蒙混过去。

头有点晕。

我走到洗手台边,盛了些自来水喝。最近牙龈越来越痛,往往要多喝盐水,有时好像稍微纾解,多数时候,还是痛,痛到深深麻痹。想想,老头以前要我命似的殴打我,我都忍过来了,凭什么现在撑不过来?

"阿丰。"我看着镜中的自己。

右眼角的疤,越来越像一种注定。

看着看着,我往镜子用力一撞。

次日上午,"你头怎么了?"

"是不是有什么?"我反问展庚哥。

"好像是擦伤了?"

"我不知道,我最近没跌倒。"

"噢。"

他离开得有点迟疑。

我笑笑,低头,翻开袖子,视察一下腕上的割痕,继续打下一通电话。

日子像根快烧尽的蜡烛。阿汉不想让我内疚,也不对未来怀抱期望,他机械般例行上下班,照例打卡,照例挨骂,照例避开与我四目交接的机会。我斜眼瞄他，看到他拿出一包纸包好的某个东西走向厕所，他也牙痛，也要漱食盐水吗？还是感冒了，要吃药？

他会不会像我一样？看着镜内眉头深锁的自己。

他会不会，也心头一揪，往镜子用力一撞……

我尾随而上，发现他不在厕所。会不会跑去阳台？往坏的一想，我一心急，速速往阳台走去。只见他抽完最后一口烟，将烟屁股往空中一弹，火星在空中画了一个优雅的弧。他看了看我额上的伤，和我四目交接，对我礼貌性地点了点头之后又错身而过。一句话都没说，一句问候都没开口。

我愣在原地十分钟之久。

当天下班前，我在电话簿里面看到一个"永新实业有限公司"。

拨了过去，嘟，嘟，嘟……边看黄页上的地址，台北县新庄市新树路——似曾相识的地址……

"喂？"

"喂，先生您好，我们这里是光硕广告社——"

"光硕广告社？"

"对，光硕——"我猛然理解到，那是个熟悉的声音，于是立刻噤了声，捂住嘴。

"喂？喂？"

咔！我猛然将电话挂断。

是印清。

我不安地在办公室走动着。

怎么办，怎么办……他听出我的声音了吗？千万不能让他看到我现在潦倒的样子。我不想求他，我不能求他。

唰一下撕下那张黄页，丢入垃圾桶。

"阿丰！"这时，康大姐叫住我，"来我办公室一下。"

我移动身子到她办公室，两眼看着她。

"我刚跟房东讲完电话，他愿意退一半押金，公司……我看就开到这个礼拜吧。"

这个礼拜……

我一滴眼泪掉了下来。

为什么老头办得到，而我不能？

"阿丰，这不是成功，也不是失败，而是经验。你还年轻，可以找到更好的工作，好好闯荡一番。"

点点头，我擦去眼泪。

"答应我，好好坚持理想。"她上前拍拍我的肩，"你不是很想做音乐吗？希望下次见到你之前，可以先听到你的东西。"

再度点头，我慢慢转身。

"我说真的耶！你可以超越我很多，下次换我追赶你了……"

下班了，我单独一个人蹲在骑楼的水沟旁边，看黑黑的水。印清……蹲着的时候感觉自己很奇怪，身体会一前一后微晃动，好像随时可以往水沟内栽进去。

我想，这就是先天条件的差距。有钱，没钱，一段庞大的差距，轻易就决定了成功和失败。

* * *

房间越来越热，我风扇大开，浑身发痒，翻来覆去，已经试过所有方式让自己入睡，没有一个成功。我一鼓作气爬起来坐着，周遭一片黑暗。慢慢地，仿佛有个黑影，从眼前晃过。

"滋滋？"我唤他。

他动了一下，停了下来。

"滋滋……"黑暗中一行湿漉漉的什么，淌落我脸颊，"滋滋，我该怎么办？滋滋。"

滋滋没有回答我。

"滋滋——"

我用力打自己，往看不见的黑里乱撞，摔跤了，再爬起来。满头大汗，浑身酸痛，每次挣扎着爬起，都像是想逃开老头的攻击。黑色的房间，一定有个出口，可供我逃脱。那个地方，一定有。眼前出现满天星斗，真的耶，滋滋，看到了吗？到处都是星星……

再度听见声音，已经是被一阵敲门声吵醒。咚、咚、咚。

"阿丰！阿丰！"阿汉在门外喊着。

我虚弱地抬起头。几点了？上班要迟到了吗？我抹抹惺忪的脸，挣扎着起身，又突然踉跄跌坐。哐啷——房内早已经是一团乱：电饭锅、电风扇、吹风机，散落一地。

"阿丰！你到底怎么了？三天没你消息了，电话也不接。我看到你鞋子在外面，你还是快点出来吧！"

抹拭额上的液体，我看到手上有血。

难道老头来过这里？！

我警戒地四处张望，起身，抓起刀。那把水果刀，我昨天拿来切苹果，还是什么？忘了。

"阿汉，你走。"我声音是嘶哑的。

"阿丰，你快开门。"

砰！

他尝试将门撞开。我仿佛听到老头一脚将门踹开，一脸凶神恶煞的样子。"阿汉——"我头痛死了，往阳台走去。这么狭小的房间，竟然也天旋地转起来。

砰、砰——不行，他不能进来。不然，我就要出去。我要出去。我慌张地往阳台走——砰！

"阿丰，你在干吗?！"他快步跑来，将我抱住。

我的身体已经悬在阳台外了，我看到底下忠孝东路上的车子，滚来，滚去。我一笑，头往露台用力撞去。

一片黑。

24　苏醒

我忍住鼻酸，将身上残存的痛，用力感受一遍。额头的伤，会复原。

病房很白，和我上次见到它一样。

但这次，释出一点透白的蓝色，仿佛精灵才刚离开。旁边是妈妈的啜泣声。我略微转动头，看着妈妈的身影。她老了许多喔。

"我要念书。"

妈妈真的老了许多，扎起的发髻，已经被白雪大幅攻占。她那里，下过了雪。

我悲从中来，哽咽着再说了一次："妈妈，我要念书。"

但鼻子插了管，要怎么念书呢？

妈妈仿佛没听到我的话，一径哭着。

我还活着吗？妈妈。喉咙干涩，我咽了咽口水，平静地将眼睛闭上。我期待，下回睁开眼，可以看到一间书房。

* * *

陆陆续续，几个人过来看过我。每当有人来病房里，我勉强挤出勇敢的微笑。久了之后，这应付访客的微微笑意，竟像两枚贴纸贴在嘴角，撕不下来了。这样也不错。

妈妈喂我吃虱目鱼粥，我嚼着，吞着，感觉自己脸上满布莫名的纹路，就算只是笑得太用力，都会阻断蚂蚁原先的去路。旁边的一张病床上是一个八岁左右的小男孩，昨天我问他为什么在这儿，他说，他罹患了某种名字很长的病。

"那你呢？"他反问。

我笑而不答。

现在，他卧在床边，聚精会神地看着手上的一本图画书，仿佛再怎么样都要解开病痛的秘密。

妈妈拉起帘子，隔开小男孩，在里面碎碎念着我："你喔，就是不会照顾自己，搞得自己这样，你叫妈妈怎么安心？我看哪，以后就回家住好了。"

我不置可否，专心将嘴里的虱目鱼刺剔出来。

"啊？有刺啊？啐，没剔干净。"她伸手，将鱼刺接收。

"我要去念大学。"我简短地下了结论。

妈妈低头，恍若未闻，一径整理着锅碗。窸窸窣窣，我已经许久未见到它们了，它们也一定在好奇，我到底是怎么了。

"你要做什么，妈妈都会支持你。"一分钟后，妈妈说。

我竖起耳朵，聆听帘外的动静，仿佛小男孩的动静，都是一种极其珍贵的念书的线索。

"你外婆、你姑姑，都很关心你，改天他们过来，你可不要摆脸色。"

我看着腕上淡淡的疤，不说话。

"你老头啊，最近又遇上麻烦，"她摇摇头，"他在碧湖做的生意倒了。"

"倒了？"我感到讶异，"怎么了？"

"原来是占到公有地，现在政府要告他，之前投入的钱好几十万，都像丢到水里，全都没了。"妈妈说着，悲从中来，大颗眼泪掉了下来，"连我好不容易存到的老本，都赔了进去。你老头，现在外面还欠一屁股债咧！债主三不五时地跑来敲门，说要把他拖出去剁手指，连你弟弟阿振也吓得不敢回家——我真的不知该怎么办？如果你老头真的被拖去剁手指，我以后要怎么跟你弟弟交代……"妈妈说着，痛哭起来。

"噢，不要哭了啦。"

"反正，钱是还不了的，你老头他要逃到大陆去，需要一点跑路费，我还在帮他筹钱。我跟他的夫妻情分可以不顾，但是，他终究是你们兄弟俩的爸爸，想到这，我就不忍心不帮他。"她提起袖子，擦着眼泪。

我伸出右手，摸向床垫底下，抓出一包厚厚的牛皮纸袋。

"这些钱拿去，帮老头减少点麻烦。"我将纸袋放到妈妈手里，"不多，但挡一下也好。"

"这——"妈妈打开纸袋，一看，"哇，好多钱，你怎么会有这么多钱？"

"康大姐昨天来过，他说，我没去上班那几天，公司突然接到一个大客户，买下一大笔广告，这些钱，是过去几个月拖欠的薪水，加上一些慰问金。你全部拿去给老头跑路，别让阿振受惊最重要。"

"那公司……"

"还是一样收了啊，我们都还没准备好。"我紧闭眼。

"还好，突然有这个客户？真的是老天爷保佑。"妈妈破涕为笑。

"不是老天爷，是印清。"

"印清？你初中的那个朋友？"

254

"西盛馆那个。"我点点头。

"西盛馆？啊，我想起来了，他来过家里一次……他怎么找到你的？"

我叹口气，摇摇头："现在我一团乱，想这些都太早，你快去给老头跑路吧，我出院后，自己的事，自己想办法。"

妈妈看看钱，看看我，想想不对："不行，你说你要念书，这些钱你应该自己拿去，怎么可以拿来给老头跑路？他以前对你那么不好，再怎么样，也不该由你来背——"

"妈妈！"我提高声音，"拿去就对了！我念大学，学费会自己想办法。从小到大，我有什么难关撑不过来的？现在让家里安安静静，阿振放心上下课最重要，我不希望他经历我以前的痛苦，一点都不想！我是你儿子，阿振也是你的儿子，我不帮阿振，谁来帮他呢？"

"嗯。"妈妈擦擦眼泪，"阿丰，答应妈妈，下次真的不要再这样伤自己了！"

"好啦，妈妈，我以后真的不会了。"

我忍住鼻酸，将身上残存的痛，用力感受一遍。

额头的伤，会复原。

右眼上的疤，会陪着我活下去。

"妈妈，帘子拉开啦，我想透透气。"

妈妈将帘子拉开，小弟弟又出现了，他循声对我笑笑。

我也对他笑。

他抛下书，跳下床，走向窗，打算给我惊喜似的拉开窗帘。

阳光洒进来，我不由得眯起眼睛。

尾声 有光，当代

　　我也希望，能够带着自己的故事，走访全省家扶中心，真心去拥抱每一个遭遇与我相仿的孩子。不论贫困、家暴，或失学，只要有爱，就能带领他们走出阴影，往有光的方向前进！

外头阳光很大，我驻足窗边，连汗毛都快燃烧起来似的。

下过雨，天气特别晴朗。昨天才办完"马力连梦路"发表会，整个早上，表达恭喜的短消息不断。Facebook 上的粉丝团也一直暖暖的。

那张大合照里，有自己和那么多爱护我的朋友。

＊　＊　＊

每一次，你们总能给我好多的感动和惊喜！从三点到六点半，从天亮到天黑，从晴天到雨天。你们都在马力连梦路现场给我力量。从海外，从南部，连身体不便都要来给我打气，这样的爱，我拿什么还你们？真心谢谢今天到场的每一个朋友！

＊　＊　＊

这般扎扎实实的感动，与当初吴克群首张创作专辑大卖那种松了一口气的激动，截然不同。

看着"马力连梦路"的图样贴在电脑上方，不动，却也跑着。这匹小马，跑在如此沮丧不安的年代，奋力拍动翅膀，提醒着所有人，梦想就在前方。

我设计这个图案，不但是希望鼓舞大家，加足马力，快快连接到梦想的道路。更希望借此推动环保运动，回馈这片土地。

眼看今天事情繁多，办公室里的我，得慢慢消化这场悸动，转为能量，做接下来该做的事。掀开笔记本，打断喝咖啡的想法。小小一本，功能无穷。我简单地把今天要做的事想一遍，字很小，一字一句写入格里。过去这二十年来，我早已练就这样的功夫，将每天要做的事，迅速有效地排列得整整齐齐。

一页写满，又想了一次咖啡，身体却毫无动作。在最该忙、最要忙的时候，任由咖啡因的魅惑，带领我放空一下。

手机铃响了。是妈妈打来的，我速速接起："妈妈。"

"见到你老头没有？"

"啊，妈妈，没那么快啦！"

"不是说很快吗？"

"不是那种'快'啦！二十年也过得很快啊，怎么没有'咻'一下就过去？"

"别那么快也好，我是替你担心，从你说要处理他的事情以后，我就担心到现在。"

"不要担心啦！我会好好处理的。"

"唉……"

"叹什么气啦？"

妈妈停了一下，那短短几秒，好多画面，在我俩之间旋飞起来。

"我不恨他了！现在他对我来说就像一个陌生人，我现在只担心你们兄弟俩，所以要打电话叮嘱你们，不要再让他打乱你们的人生。"

"妈妈，不会啦。"

妈妈继续叨念着。

我紧盯着电脑屏幕上的马力连梦路。过去往事已如尘烟，从他跑路开始，近二十年没有爸爸的音讯，只知道他因为在台湾要被告或是被通缉，所以跑到大陆，回不了台湾。后来又辗转听说，他在大陆照样吃喝嫖赌，照样惹出一大堆不知该怎么解决的麻烦。后来生病，孤苦无依，有人通报慈济①，慈济辗转找到弟弟，但弟弟对他过往的行为很不谅解，所以也不想去大陆看他。后来慈济通过某些渠道将他送回台湾，我才知道这件事情。妈妈怕他回台湾会害我惹上他尚未摆平的麻烦，也不建议我去处理他的事情。

　　但我总觉得，是时候该放下这恨意了，所以我回过头要求弟弟和我一起去处理他在赡养院的事宜。

　　"你现在也是有头有脸的人——"聊着聊着，妈妈又不放心地说。

　　"别担心啦，妈妈，你多休息，爸爸的事，我会好好处理的。"

　　"办得怎样，记得跟我讲。"

　　挂完电话，只想深呼吸。真的，一切都该放下了。走到阳台边，街道突然传来一阵刺耳的刹车声。我本能地将眼睛紧紧闭上，仿佛那些剧痛，又来到我身上：我是那个被剥光衣服用力扔到南京东路车流里的田定丰。紧急刹车后的司机，快步下车察看，那惊魂甫定的声音，一点都不认为自己救了我一命。"弟弟……弟弟……"在他确认我还有呼吸后，随即仓促钻回驾驶座，轮胎声自我耳边驶过，像夸父的脚步声。

　　怦怦、怦怦、怦怦……

---

① 慈济：慈济基金会。

也可能是我急促的心跳。

耳朵紧贴柏油路，我谛听若有似无的震颤。远远看去，南京东路尽头，露出一丝清晨的曙光，紫紫的，红红的。

车少，路冰凉，凹凸的路面扎得我皮肤作痛。浑身赤裸的我，宛如刚出生一样。若不快爬起来，难保下一辆车不会碾过我。

但我清楚得很，此刻我浑身布满了什么。轻轻一动，仿佛有个伤口要在体内撕裂开来。

这就是地平线，这就是世界带给我的，仅存的看世界的角度……

有光，我却去不了——

"丰哥！"

同事伊森的声音出现在我耳边，我回过神。

"丰哥，刚刚丹尼尔打来，你没在办公室……"

我赶忙看表，下午还有一场会议。"好，我等会儿回电。对了，还有什么文件要签的？"

"我弄好后会寄给你。"

我回办公室，快快将琐事整理出一个头绪。快马加鞭的手部动作，也驱策、提醒着自己，梦想在哪里。二十三年音乐生涯，有令人称羡的巨大成功，也有逃离失败的自省。我在种子音乐①做到最好最大的时候，选择放下，这一放，仿佛从一个很长的梦境里醒来，洗把脸，再重新编织人生的第二个梦想，此刻，肩上担子轻了，就想凭一己之力，来回馈这片养育我的土地，还有周遭可爱的人们。

---

① 种子音乐：台湾地区历史最久的第一大音乐品牌。由本书作者田定丰创办。

我也希望，能够带着自己的故事，走访全省家扶中心，真心去拥抱每一个遭遇与我相仿的孩子。不论贫困、家暴，或失学，只要有爱，就能带领他们走出阴影，往有光的方向前进！

　　不仅是我走在梦想的道路！我更希望通过实际行动让这些孩子不放弃自己，如同我没有放弃自己的人生一样。

　　尽管在很多人眼里，我是令人羡慕的追梦人，但我仍无时无刻不在调整焦距，为了看更广的世界，关心更多需要爱的人。

　　设计的梦，摄影的梦，我要编织大大的一座，关怀世界的梦。

　　起了身，走到外面。

　　"我想出去走走。"我对伊森微微一笑。

　　或许我对他来说，早已是个身经百战的学习对象。但离开音乐界，踏入文创界一年以来，我仍然是那个严于律己、满腔热血的大男孩。我战战兢兢地定下起点，对接下来的路，是一股脑儿的冲劲和战斗力，身心不觉也年轻了许多。

　　快速走向电梯，停了一下，有股冲动，想要动动双腿。我推开安全门，直奔楼梯间。稍微加快脚步，大理石地板回荡着噔噔的脚步声，让我不禁想起麦帅桥下那幢公寓，那个我最常和弟弟蹲在地上玩尪仔标的秘密基地，当妈妈探头呼喝我们快上楼吃饭，那充其量是个不起眼的角落，没办法玩捉迷藏，一如爸爸追打我，我无从逃避……我一次又一次面对没有窗户的房间，一次又一次，等待日光透进来……直到现在，我已走出黑暗，不再掩藏身上的伤疤。

＊　＊　＊

　　愈接近一楼，愈是直觉，一定有什么在外面等着我。

加快脚步，我推开旋转门，快步来到大马路。

朝路的尽头望去——眯起眼，我眼眶涌进泪水。

我看到那被剥光衣服、全身赤裸、伤痕累累的小男孩，他已战胜伤痛，挣扎着爬了起来，他朝着那个有光的方向，忍着痛，踏出踉跄的第一步。

又一步，再一步，勇敢地朝光走过去……

名家推荐

【台湾各级学校家长协会理事长】李秀贞：爱与恨是心的同一面，人们对恨总是喜欢复制、剪辑并储存入档，如果能用爱来穿越恨，那黑暗必然变明朗，作者的心灵成长，令我有深沉同感，许多情节似乎置身其中，全境让人心灵成长，这是一本很好的生命教育参考书，提供我们回顾自己，帮助别人，用爱穿越恨，光明人生。

【临床心理师】洪仲清：一个人若在童年受创，还能在日后有相当成就，从研究的角度来谈，有两个重要因素。第一，拥有疗愈力量的正向关系；第二，本身的认知功能良好。这两个重要因素，在田定丰先生身上都明显可见。

其认知功能，从求学阶段的学业表现，乃至他的作品与成就，可窥一二。那阻挡创伤击倒信心的防护罩，田妈妈的爱与舅舅的关怀，给了相当丰沛的支持力量。

从对父亲的憎恨埋怨，一直到能收拾起对父亲的不谅解，愿意打理年老父亲的赡养生活。这一路走来，那得要有极大的勇气，来接纳自己积累的伤痛才行。

文字疗心，刻画童年生活的同时，正在抚平过往的伤痕。但是，深埋在潜意识的阴魂鬼魅，如果没有持续耕心，转化升华成宁静，容易附着在生命接续的苦难上，伺机给予重击。

幸好，田定丰先生愿意走访家扶中心，把自己的过去变成投身公益的沃土。如此，在付出的同时便能收获，在他人的困境当中，学习珍惜与感恩，便能喜乐常在。

【富邦文教基金会董事】陈蔼玲：最大的挑战中，隐含了最大的祝福。虽然不是人人都可以顺利通过挑战，但田定丰的现身说法，让我们多了更多鼓舞和希望！

【台湾家扶基金会社会资源处主任】游淑贞：拜读《趋光岁月》一书，我看到田定丰经历了内在的心理挣扎、矛盾、冲突、蜕变，成为一位积极而成功的青年。这是相当难得的成功经历，更值得推荐给目前还在茫茫人海中寻求方向的朋友们，借由田定丰的故事和奋斗过程，帮助他们跨越心理的障碍，领悟人生中的酸甜苦辣，理出一条适合自己的路！

【作家／心理咨询师】苏绚慧：这本书我是含泪看完的。在久久不能自已的情绪中，我看到三代之间爱与暴力的纠缠，也体会到作者在年幼时身心所受的苦与伤。身体的伤或许会成疤，但心灵的伤却不一定能成疤，反而会有新的反复撕裂与拉扯，久久不能复健。作者的受痛岁月，如今可以成为他生命的趋光岁月，想来必定艰难，令我敬佩。

265

图书在版编目（CIP）数据

趋光岁月 / 田定丰, 保温冰 著. — 北京 : 东方出版社，2018.3

ISBN 978-7-5207-0227-0

Ⅰ.①趋… Ⅱ.①田… ②保… Ⅲ.①回忆录－中国－当代 Ⅳ.①I251

中国版本图书馆CIP数据核字（2018）第028169号

趋光岁月

（QUGUANG SUIYUE）

作　　者：田定丰　保温冰

责任编辑：柳　媛　江丹丹

出　　版：东方出版社

发　　行：人民东方出版传媒有限公司

地　　址：北京市东城区东四十条113号

邮　　编：100007

印　　刷：三河市金泰源印务有限公司

版　　次：2018年3月第1版

印　　次：2018年3月第1次印刷

印　　数：1—6000册

开　　本：880毫米×1230毫米　1/32

印　　张：8.75

字　　数：136千字

书　　号：ISBN 978-7-5207-0227-0

定　　价：39.00元

发行电话：（010）85924663　85924644　85924641